莲升的门

连李/著

九州出版社
JIUZHOUPRESS

图书在版编目（CIP）数据

莲升的门 / 连李著 . —北京 : 九州出版社，
2014.9（2025.4重印）
ISBN 978-7-5108-3269-7

Ⅰ . ①莲… Ⅱ . ①连… Ⅲ . ①长篇小说—中国—当代
Ⅳ . ① I247.5

中国版本图书馆 CIP 数据核字（2014）第 221160 号

莲升的门

作　　者	连李　著
出版发行	九州出版社
出 版 人	黄宪华
地　　址	北京市西城区阜外大街甲 35 号 (100037)
发行电话	（010）68992190/3/5/6
网　　址	www.jiuzhoupress.com
电子信箱	jiuzhou@jiuzhoupress.com
印　　刷	三河市宏顺兴印刷有限公司
开　　本	880 毫米 ×1230 毫米　32 开
印　　张	5.5
字　　数	108 千字
版　　次	2015 年 3 月第 1 版
印　　次	2025 年 4 月第 3 次印刷
书　　号	ISBN 978-7-5108-3269-7
定　　价	35.00 元

哈姆莱特

嘈杂的人声已经安静。
我走上舞台，倚在门边，
通过远方传来的回声
倾听此生将发生的事件。

一千架观剧望远镜
用夜的昏暗瞄准了我。
我的圣父啊，倘若可行，
求你叫这苦杯把我绕过。

我爱你执拗的意旨，
我同意把这个角色扮演。
但现在上演的是另一出戏，
这次我求你把我豁免。

可是场次早就有了安排，
终局的到来无可拦阻。
我孤独，伪善淹没了一切。
活在世，岂能比田间漫步。

作者 /（俄）帕斯捷尔纳克

自　序

写完之后拿给一个好朋友看，几天之后她回复我，“你还是没逃开你自己”。我明白她指的是什么。

格雷厄姆·格林有句话“童年是小说家的存款”，这句话被无数写字人引用过上千遍。自然，人就好比一棵树，越成长便越接近阳光和不朽，它住在光线里的时候，开出绿叶结着花果，是一节高贵的木头，但是如果它生病，除了它自己，没人能闻得见它体内的腐朽，它低一低头，就看得见所有的过去；如果它的根从一开始就是坏的，它便会夭折，或永生遭受病害的侵蚀直至死去。

这些都是无法逃避和试图隐瞒的。

尽管如此，“莲升”这个人物却是全新的，脱离我本身本能存在的，我与他的共通之处在于我们隶属于同一种根基。

1996年，还在家乡读中学的我亲历了一件事：那时候我经常与自己暗暗喜欢的男生一起，与一个维吾尔族男孩（暂且称他为小H吧），结伴去一个live bar听歌，我们是那个bar最年轻的客人，买最便宜的啤酒在最前排的板凳上一直坐到打烊。

维吾尔族男孩小H爱摇滚，口吃，唱起歌来声音清冽又绝望，和女孩子说话会脸红。五官长得一团和气，但我见到他的每个时刻他都涂着夸张的黑色眼线。我从他那儿第一次知道了布朗列侬、山羊皮，爱上了甲壳虫、Death和性手枪身后浓墨重彩的人生，后来和喜欢的男生分开，也再也没有见过小H。

很多个日子之后的某一天，我梦见了小H，梦里他在空旷的舞台上大声讲话，让音乐骑行于整片光亮之中。

他说了很多话，一点也没有口吃。

醒了之后我忽然很想小H，便拨通了他的电话。

是他妈妈接的，我说找小H。

那边停顿了一会儿，问我是谁。我愣了一愣，知道有事发生。

“他不在了，前天刚刚走的。”小H的妈妈在电话那端终于大声悲泣。

我知道由于小H远离人群和自己相处，关注他的人常常不知道他在做什么，而他的离开，使得在那之后每一个来自于对他的问候都变成对他母亲的反复重伤。

听朋友说，他是自杀离开。还是有起因的：在学校的课堂上，老师当全体同学问小H的课外辅导费为什么一直没有交，有什么原因。小H说下课回家取，但他再没有返回学校。当天晚上妈妈回到家，小H躺在血泊里，啤酒瓶碎了满地，右手腕被切至骨头。

小H是左撇子。

在那一刻他一定用尽了体内积蓄的所有力量。

一年之后我和前男友再次坐在那个live bar里，仍旧相对无言。

我们清楚彼此之间的关系是因为小H而破灭的，而这还不是最糟糕的。小H在我们尚且对人生拥有完整期待的年纪时将我们的心撕开了第一个裂口，之后它长成重重的疤。小H手腕上的疤仿佛也切在我们的身体上，形式上它没过多久就愈合了，但心底里一潮湿就会复发、发炎糜烂。

它随着我们的成长越长越大，越长越难看，你越要掩盖它越要给你疼痛。

我们都曾与小H如此亲近，却从未发现他隐藏在内心的敌人；我们不懂小H，而他的离开让我们更加不懂自己。只是有一点是我可以肯定的。曾经在黑暗里流泪的人，都因为专注绝望而无法慰藉自己的痛处，于是越来越痛。

莲升显然是在这样的黑洞中的，我试图将他塑造成为一个我亦是全然陌生的人，他和他的经历被赋予的命题是我也触碰不及，心怀敬畏的。

故事以莲升从小历经的生活和一次死亡经验为其命运的明线根源，他谨慎地跟随着自己的故事；他相信自己清醒地看待自己的父亲及其的离开，理解并理性接受发生在自己身上的一切；他经营着自己游刃有余能做好的事业，相信自己能够正确把控自己的所有意愿。

但是，当一个人身陷人格的囹圄，他的“心想事成”，就会成为更糟糕的灾难。但与其说他是被撕裂的，不如说他本身就是分裂的。

我们常常执着于同一种执念，通过自己的感受来确定对自己重要的东西。但很可能这些东西大多数都是不真实的，痛苦便由此而生。很多人及时回头分辨什么是真什么是假之后，便能回归本心，比如在做噩梦时，如果知道自己在做梦，那么虽然梦境尚未停止，但是梦里的恐惧和痛苦会消失。

但更多人凭借其能力和勇气执意向前，走向更深的毁灭。

莲升显然并未真正接近自己，接近自己生命的本意。他一直试图理解祖父的死亡，将亲见的死亡场面看作“伟大的死亡场面”，并逐渐落入生死因果的怪圈。莲升显然止步并满足于自己对梦境的误读，从而来完整他其实可能意识到的，四分五裂的本我；因为父亲的缘故，莲升从小被关在一个“笼子”里，“也许从那个时候，自己就同父亲一起住进了笼子，它拥有蔓延的、完全令人迷惑而又矛盾的力量，预示着强有力的，无法逃避的危险——即便你获得了快乐，你也不能享有它，因为你看不见这是你的经历”。

正如弗洛伊德在《梦的解析》中分析的那样，“根据我广泛的经验，所有后来发展成神经症患者的人，他们的父母在其心理生活中占有首要的地位”。

显而易见，莲升自始至终都是一个神经症患者——这才是这本小说真正要关注、要表达的内核所在。莲升与小 H 本是一类人，他们的自我通过社会文化的滋养而富足，但是他们的本我俨然因着各种原因成为又乱又窄的、令人感到悲伤的住所，自然是要把门关起来的。他们不透光地、坚韧地生活在自己的“门”里，不为外界所动。因此那些本应滋养人性，牵动光明的文化形式，只要走进他们的门，便恰恰成为其借助于毁灭自己的工具。

很多心理学家在探讨人与自我相处的问题上都会讲梦，梦中的感情内容则是一切的根源。弗洛伊德认为“人在梦中得到满足的欲望，往往不是现在的欲望，它们更可能是过去的，被抛弃的，受掩盖的或遭到压抑的欲望”。就像是《奥德赛》中的那些幽灵，一喝到鲜血就会苏醒过来。莲升在偶然的梦境中，遇见了自己的另一种人格，他欣喜地接受了这个自己，因为那是一个他残缺的本性所能接受的，一直暗中追随的，退隐于自我之后的真正的自己。他之所以开始执念于死，并亲手执行他人的死亡，将此看作对他人的救赎，并不是他自己认知的“人生的新的方向”，而是混沌地借助梦境来迎合、实现自己的欲望。这是神经症患者典型的分裂表象——一面维护着自己生活中正常的秩序，表现出幸福感来适应社会群体，一面自我挣扎，为自己的怀疑、恐惧、虚无寻找出口。

“他因为褪去作为一个人的身份，而成功地退隐。这种退隐意义上的孤独，是不必看见自我，是不必看见自我为他人所见。”

“我们把生命造成黑暗狭小的笼子，却又把它当作整个宇宙。由于我们被关在这个笼子中，也许很少有人能够触碰到另一个真实面。”在小说中，我特别在莲升的独白中引用了这句话，用来刻画莲升病态而沉重的自身体验的误读，他如此聪敏，早已意识到自己生活在“笼子”里，甚至清楚自己随着父亲一起关了进去。他想终止自身的灾难，却通过“接近真理”的方式走入更黑暗的黑洞。——“不过大多数时候，他只是以惊人的淡然接受着自己的变身生活，因为他不快乐的生活终于有了真正“全新”的改变方向。他的文化能力使其有足够的心智认知自己的感觉，他将其看作为开启自己另一扇门的钥匙，无论那扇门里的自己是怎样的，都不会使他自己吃惊。他意识到了那些个活脱脱的自己，越来越无所畏惧，白日里自己无法企及的能量都在凌晨那些时分迸发开来。而那些在梦里出现的将死之灵魂及其之经历，却也使得自己对人性的认知更为完整。”

“我将自己执导这些戏，它们都不必和无能的现实纠葛，神采奕奕地存在于另一种更加真实的时空里。”

“世界有多可怕，这空间就显得有多珍贵，空间越华丽，绝望亦就越完整。

但无论人们怎么欺瞒自己，也无法真的通过这些空间通向真正纯净的领域，真正成就谁的幸福，而自己的梦，却可以引领生命到达常人无法企及的荣耀。”

卡伦·荷妮在《我们时代的病态人格》中说：“正常人，尽管也有他的文化中所产生出来的恐惧和防御，一般仍能发挥他们的潜在能力，享受生活提供给他们的一切乐趣。正常人能够充分利用他的文化赋予他的一切机会。换一个说法就是，他遭受的只是他的文化中不可避免的那些痛苦，他不会无事生非。与正常人相反，神经症患者遭受着比一般人多得多的痛苦，他始终得为他的防御付出额外的代价，因而在生机和扩展性上受到阻碍，或者更为具体地讲，在建功立业、享受生活方面受到阻碍……”

在整个写作的过程中，我都很努力，文字始终在尝试一种经典的姿态。这个姿态向真善美作揖，但我相信一定有人认为它破格而荒谬。

它们一面掩藏自己的真心，一面希望被人意外发现而获得认可和尊重。就像我此刻的心境。但无论怎样，莲升及他所代表的神经症群体都需要被关注，他们随处可见，很可能就是你的亲人、爱人或你关心的朋友，他们或许伤害过你，曾经也被你依赖；他们说不定很杰出，在某种领域做出了让你钦羡的成绩；他们或许正在给予你需要的：金钱、爱、 相处……但永远不要因为这些，就不敢评判、帮助他们，不要因为他们可能看起来的强大，而在内心远离他。

当然，在这之前我们得学会辨识他们。

我愿有人看见我为这些做出的努力，尽管这努力之中有着许多我所参考的真相，可它们总不至于比真相更精彩。回头看看自己写的故事，我反而开始相信很多传奇都是真相，反过来，很多平常都是荒唐，这就是命运，命运从一开始就注定了，不停改变的只是我们看待命运的态度。

《莲升的门》是一部纯粹的后现代心理小说，短短几万字，并不集中表达某种人格或命运，只是想说，总是有人，他就在那个时代，但是与时代无关。

莲　升

星期二　早上7点，闹钟响。

莲升在睁眼的同时坐起身。

洗漱，整理床铺，换衣服。周二的黄色方格领结放在衣橱第三排第二个格挡。

站在镜子前打领结，他瞥见镜子的深处有青色的晨光抚着床角，木柜上的向阳花有一丛格外亮。

八卦山三合院微热山丘市集三段偏北朝向，市集从上午8点开到晚上8点。进入市集前，每个人都会被免费赠送一块微热山丘凤梨酥和一碗热茶，而老板娘多半只是和气地招呼，“进来喝杯茶”。

虽然他从未走进过。

他常是每天9点的第一波客人，有时候他没有零钱，老板娘也会大方和善地塞给他两袋。他听见店员都叫她“阿姐”。

从八卦山开车去市区的公司只有3.1公里，可他喜欢走19号省道，在中山路下车买一份三分熟的便利牛排。牛排店的生意一直不好，吃过的人总觉得它有一种奇怪的味道。偏偏莲升很喜欢，他觉得，那像是腐烂的肉桂，是童年时闻过的祖父身上的味道。

莲升的祖父在莲升 9 岁的时候出家于大佛寺。莲升记得，那是个非常疼他的人，脸庞明亮，圆润丰满，随时都会开颜而笑，和父亲完全不一样。

祖父出家后的一年多里，祖母日日以泪洗面，但最终接受了现实。每周五，她都会带着小莲升去大佛寺，风雨无阻。大佛寺兴建于 1956 年，本是由民间信徒发起兴建，在八七水难中，彰化灾情严重，大佛寺被迫需修建。接受了各界捐款重建，并在之后不断复修建立佛殿和塔楼的大佛寺，终于变成了信徒中闻名遐迩的神圣之地。

庄严肃穆的三十二尊石雕观音就竖立在通道两旁，法相庄严的释迦牟尼像是庇佑众生般地端坐高堂。

祖父依旧很随和，看见莲升就摸摸他的头，说莲升又长高了。然后把自己的长袍套在小莲升身上。

祖父是自己生命中最重要的人。那时候的莲升就这么认为。

莲升记得那时候自己常召集小伙伴们去大佛寺偷偷看祖父，模仿祖父开示佛法、传授灌顶。

后来有一天，祖父突然病倒了，显然，重到随时都会死亡。莲升清楚地记得，那个下着瓢泼大雨的午时，雨水的腥气也盖不住死亡的臭味。

祖父横躺在靠窗的床上，整座寺庙弥漫着浓烈的死亡气息。然而，莲升一点也没有感受到死亡的恐惧，尽管那是他第一次接触死亡。

他走进那个房间，坐在祖父的身旁。祖父已经不能说话了，曾经圆润的脸变得干瘪而枯萎，让他难以辨认。他明白，祖父就要离他而去。他再也不会看见他了，即便他来这个寺庙里，也不会有人为他披上长袍，看着他微笑。

莲升被突如其来的巨大悲伤和孤独袭来。祖母握着他冰凉的小手，用她更加冰凉的手。

祖父死得很辛苦，随时听得到他极力挣扎的呼吸声。莲升似乎闻得出他的肉体正在腐坏的、阴沉的气息。整个寺庙的注意力都在祖父身上，除了不断拍打在房檐、树叶和鹅卵石上的雨声，便只剩下他的呼吸声。

那是个异常冗长的时刻，虽然莲升不知道那到底用了多久。

大佛寺的师傅一直守在祖父的身边，他一只手拉着祖父的手，另一只手滚滑着佛珠，诵念经咒。

死亡的冗长折磨了祖父很久，但莲升看得出祖父内心的平静，他的颜面已然枯萎却有着难以掩饰的满足和信心。莲升无法解释他所感受到的，他只是确定它们的存在，就像是某种永久性的解决方案。

他确定就是它们使得祖父看起来对死毫不畏惧，却又并不草率、幼稚、自满地对待自己的死。

那天夜里，莲升和祖母住在寺庙里。他睁大眼睛看着酥油灯的影子在墙壁上晃动，其他人已相继入睡，只有莲升和祖母彻夜难眠。

11 岁的莲升躺在那里，想着自己的生和死，泪流满面。

此后的很多年，祖父死去的场景时常出现在他的梦中：梦中的祖父在病榻上，但却不是在寺庙里，而是在一栋老房子里，这栋房子的玻璃窗极其简易和破烂，不管从里往外还是从外往里看去，都只能看见绝望，黏合剂已经老化得皲裂突起，其中一部分已经不知去向，留下丑陋劣质的原木。梦里的声音清晰，一切尽在耳边：屋内地板吱吱嘎嘎的声音，床发出的刺耳的因干燥产生的断裂的啪啪声。这显然不是一间适合居住的房间。床上的祖父安静地躺在那里，如同死去一般，也许已经死了，莲升不敢去确认，他一直站在十米开外，或者在屋子里自由活动，从未靠近祖父的床边。他不确认自己是否是这场景中的一分子，他无法给自己任何提示。

梦的最后往往相安无事，祖父一直安静地躺在床上。而莲升以飞的形式离开这间屋子，他既不会撞到什么，也没有引起谁的注意，当然他最后会重重地跌落下来，重重地跌落却总是可以接住自己，而使他跌落下来的那个重力也失去了作用，他不再下坠而是轻轻地飞翔，历见美妙绝伦的风景。直到清晨回归在自己的床上。

莲升的梦

我辗转在一个不知名的侧楼间，上上下下，来来回回，反反复复。侧楼的窗户是开着的，外面有一棵沧桑的李子树，它的树枝一直伸到窗子的近旁。

有猫在尖叫，有女人在洗澡。左墙角的木板有两块松落了很久，露出罅隙，一束诡异的月光硬生生地透过蒙尘的楼板弥散在桌面，抑或是一座石台上。我没有斜眼没有驻足，只是维持着细碎的步子轻轻地走，不停地走，侧楼只有两层，而我似乎走了很久仍然没有尽头。月光是黯淡的，我的步子没有错落。

一个小女生，稀疏但精致的眉眼，蹲在一个角落呢喃着。她是在对我说着什么的，我告诉自己，坚信不已。但是剧情这样老套，在我走近她的一瞬间，就发现角落里空空如也。猫也停止尖叫，也再没有懒散的女人拖拉着脚跟在木地板上走路的声音，侧楼突然就成为一座迷宫，任凭我怎样走，都会回到起点。我深邃的恐惧开始蔓延，一如预料之中的狭小龌龊，局促不安。我在这样熟悉不过的恐惧中开始新一轮的绝望，不知道梦何时会醒，会不会有人把我从梦中唤醒。

我没有尖叫，更没有失声痛哭，像任何以往一样承受着这样一场不知名的骗局，不甘心因为有旁人的援助而落得愚蠢的声名。对的，或许我是可以逃离的，或许是有个人能够出现的，但是因为我没有期望，他便不会出现。一如我往往放纵自己在一场梦中，从悬崖上纵身跃下，只因为知道自己并不会死去。利用一场充满苦难的梦境对自己下手，至少彼时彼刻，是一种超脱。

我想，如果我争取，或许是会上演一出美妙绝伦的喜剧或者悲剧，至少不会让作为旁者的自己无聊失望。但是因为我没有，我就是侧楼间默默行走的旁者而已。

“距离展会还有三个月哦，关于新项目的设计和推广，他妈的现在连个屁也没看见。”办公桌上被甩了一摞重重的文件。“这是第八次会议了，他妈的你们是不是都是吃干饭的。我想要的是策略！策略你们懂么？别再他妈的给我讲 idea 了！拍脑门谁不会干，我要的是策略！”

莲升头皮一紧，面前倏地构架起另一幅场景：

昏黄的灯色下，父亲冷漠的鼻息声充斥莲升的房间，他就在莲升的对面站着，并不打算要对莲升做什么，甚至也没有看莲升一眼。但莲升感到恐惧。在他看来，父亲的鼻息声短促轻微，但仿若暗自绝望。他只要多想一想，就能将他推向死寂的边缘。

在冷漠中沉默或者相反，是莲升对他最深刻的印象。

记忆比以往变得更有选择性。

“在我说话的时候你他妈的给我站起来，马修！”老板突如其来的暴躁打断他的思绪，空气中满是被烧焦的味道。

“要保证竞争优势，那就不仅仅是项目设计的问题，”马修并没站起来，“你若做设计创新，其他公司也会设计创新，你花再多的钱和精力在项目的扩充上，别的设计公司一样会迎头赶上。上一期项目卖那么惨，就是教训。”

“别给我说这些狗屁话，我要是能从上边申请到更多的 money，我用得着这么狼狈？所以这就是你迟迟不给我提交新项目方案的理由啊？！你他妈的知道不知道现在……”

“所以，请再给我一个星期的时间，我和莲升正在进行设计方案的调整，我们需要整合之前测算出的数据，合作方那边也需要几天的谈判时间。但请相信我，方案中将会有你想看见的东西。”

会议散场，莲升不客气地跟在马修的身后，一路到洗手间。

“下班去 Opus One 喝一杯吧。”马修的声音隐没在哗哗的水声里。

但莲升听见了。“好的。”他答道。他知道自己的这位好友兼直属上司，正在试图操控一场新的游戏，一次博弈。而作为对方信任的同盟者，他甚至还没搞清楚自己的对手是谁，他找不到自己想极力表现出的投入的热情。他只是知道自己一定会加入马修，因为他不得不跟随自己的直觉，他对于它的信任一直胜过对自己的。

Opus One 与 Darmagi

在十九街上，Opus One 是莲升最为中意的小酒庄，初来公司上班的当晚，他漫无目的一个人走遍街头巷尾，最后跟着一个穿着宽肩西装，戴着平顶卷边软帽的男人走进了一间叫 Opus One 的 bar。Opus One 的标志是金属灰，灰头土脸地藏在月亮下，丝毫不为自己的沉默担忧。

地下一层，顺着楼梯走就能看见吧台排成一个大的正圆形，每张椅子各异，但都被一束橙黄的射灯精巧地投射着，灯光没有晕开，而是生硬地投射在椅子的某个部位——或是把手或是椅面或是椅腿。椅子们看起来有的堆满笑容充满亲和感，有的卑躬屈膝，有的一脸阴沉，有的谜团重重，它们在昭告它们的过去，也在唤醒和它们的未来有交集的人生。

莲升第一眼就着了迷。

接下来的六年，这里是他最常来的地方。但他更喜欢自己一个人来，只有他很少几个朋友知道这里。

"你知道 Darmagi 么？"马修问道。

"人名？"

"意大利酒艺复兴时期，有一些鼎鼎有名的开路先锋，其中有一个叫巴巴莱斯科的看上去很不起眼的小村镇，却诞生了闻名世界的佳雅酒庄，酒庄的主人叫安杰罗。当年安杰罗为了葡萄生长需要，把赤霞珠种在自己老爸家门口，而被痛斥'Darmagi'[①]，后来安杰罗便把这款赤霞珠命名为 Darmagi。"

"不错的故事。"

"更有趣的是，这款 Darmagi 获得很高的评价，卖到天价。"

马修深深看他一眼，神情恍惚，却很放松。之后他的目光定定停驻在眼前几英尺处，似乎在暗示他无法倾诉的却炽热的信念。

"很多行业都在尝试新产品，他们不停地在产品创新上投入巨资，但失败的总是占大多数，你知道怎么一回事？"

马修从桌上拿起酒杯，抿了一口，露出满足的微笑。

"因为它们，没有赢得任何人的心。"

莲升相信，人的行为会产生什么样的结果，完全由人们的动机好坏而定。尽管他还不确定自己是否能顺利应对意外，他仍决定为了马修的这句话，奋力一搏。

他并不想肯定或否定什么，追从或逃避什么，唯一他确信的是，理智提供了某个东西要求他来倾向，这恰好帮助了莲升，使他不觉得自己是被什么外部力量所驱使。

①意为真丢人。

莲升的梦

苏醒的时候，我口渴至极。环顾了一下四周，意识到我在Opus One里。但私下里空无一人。是的，只有我一个，我只能嗅见自己惊慌的情绪，重重的喘息声。

我低头看看自己，发现自己披着一件松垮垮的毛呢外套，它质地很重，重重地压在我的肩上。

我一定是需要等待一件事情发生的，我对自己说。我的意识里仿佛架着一台摄像机，或者它在我身体里的某个部位，我看不见它，也感受不到它，而它严肃待命，随时等待着和我一起迎接某个时刻的来临。

而此刻它也在我体内，随时洞察着我的信念。

我决定接受冥冥之中自己所受的嘱托。

高跟鞋的声音从远及近，一个时髦的女人转眼就到了眼前。在Opus One中，离我此时站的位置约一步之遥，她很苍白，高贵遥不可及。接着，我看见她对我露出一抹僵硬、明亮的微笑。紧接着我听见她用轻松自如得令人生畏的声音说：来吧。然后就脱去了薄薄的外衣。

“亲爱的，你喜欢的话，我们先喝一杯。”她走了一圈，坐在了射灯打在椅脚位置的吧椅上。“别担心，我也喜欢南澳的红酒，你知道的，美国酒就像可口可乐，每一支味道都差不多。但人生，总是需要经历意外和不同，才能继续前进。”

我看着她，反而变得非常害怕。这害怕不源于我对当下可能发生的意外的恐惧，而在于我不确信自己对它的判断。

意识中的摄像机对着面前的女人，也冷静地记录着眼前发生的事情。

我将手伸进口袋里，摸到了一个塑料小包。是粉末，毒药么？我心里一沉，一阵恐惧侵袭着我——但我骗不了自己，我知道自己更多的是兴奋和欣喜。

我走向她，虽然我不知道该做什么——该和她做爱，还是用毒药杀了她。

唯一的好消息是，这一切都由我来主宰。

我怀抱着自己的秘密走近她，她正在品着Arcachon[①]的Sauvignon[②]。天哪，她美得无与伦比。

我的目光在她的脊背上燃烧，我想象着，她坐在我的上面，用漂亮的脑袋打探我的身体，用她垂至胸脯的浓密的头发扫我的每一寸肌肤。我抚摸着她，把她拥在怀里，亲吻她的嘴唇和乳房，品尝着香水苦涩的味道……

正在这时，口袋里的药包忽然掉了出来，砸在我的脚面，就像一个突发事件那样——如果在现实中,我可能真的就会这么认为了。

但眼下我正在我的梦里，我的梦因思考而生，在这里发生的人和事，都将由我的思考来决定，他们都是假的，像笛

①波尔多西南边靠海的著名葡萄酒产区。
②葡萄品种：长相思。

卡尔[1]所说的那样，“我确定地知道我是在思考的……然而，我不是正因如此知道某物究竟需要什么吗？假如我如此清楚地知觉的东西居然是假的，那么这个知觉就不足以使我确定地知道事物的真理——于是现在，我可以设立一条准则：凡我十分清楚、十分明白知觉的东西，都是真的”。是的，正是因为如此，我才不能忽视所有哪怕再细微的暗示，因为只有它们，这些“暗示”，才是“真的”。

洞察清楚这一切的瞬间，我觉得眼前忽的一阵透亮，就像黎明的光提前照进我的身体。一直以来我慌乱不堪的心才终于平稳下来。我将自己执导这些戏，它们都不必和无能的现实纠葛，神采奕奕地存在于另一种更加真实的时空里。甚至，我惊讶地感受到了自己的快乐，我甚至无法分辨这是不是一直以来潜藏在我体内，我一直刻意回避的欲望。它和我一直彼此冲突、拉锯，试图支配对方，但我承认，此刻它比我更有力，完全占据我。

如果因果已了，死亡注定，死亡者就应该接受死亡，在安详中解脱。那是最好的去处。

也许，心在某些时刻比平常来得自由，在某些时刻来得更有力。抛开肉体的束缚，每个人才能有最大的解脱机会。

她自顾说着，没有回头看我一眼。“今天无聊透顶的时候我看了一个电影，没想到那电影比我还无聊。不过我还是看完了，

①近代哲学之父。

你猜为什么？电影没过多久女主角就唱了一首歌，那首歌真好听，‘为了不想孤单……哒哒哒哒’，我本来想着，接下来一定还有这样的歌……但我早该知道，不应该抱什么期待的……”

“你无从推想，握在左掌上的雕刀，如何能触怒右掌中的血”。[①]

再没有什么好思索了，我站在她的身后，左手扶住她的肩头，右手猛地发力，一下子就扭断了她的脖颈。一切很快结束了。她没有挣扎，一动不动，就像终于等到期盼的事一样从容安静。

没有难闻的血腥气，没有肮脏的遗憾。她杯中的Sauvignon几乎未剩多少。

她真美丽，那一刻我想。

这时候，忽然有陌生的旋律近在耳边：

为了不想孤单
我们养了条狗
周围种满了玫瑰
或者信奉十字架
为了不想孤单
我们相信童话故事
喜欢回忆过往
任何东西来充当替代品

①出自《伊尔的神话》。

为了不想孤单

我们渴望春天来临

春天过了之后

便期待下一个春天

为了不孤单

我爱并且等待

使我相信，我并不是孤单的

为了不孤单

女孩喜欢女孩

女孩喜欢男孩

为了不孤单

生了一群孩子

孤单的孩子

就像其他孩子一样

为了不孤单

我们盖了大教堂

汇集所有寂寞的灵魂

摘下天上星辰

我听见了身体里某盏灯突然点亮的声音，它一直隐忍并隐匿着，期待我将它显现。它将指明我新的梦想，见证更多生命通过死亡获得新生，是让我的整个生命和心忽然盛满了充满重量的东西。

顾琴琴

连日的方案筹备工作，令莲升疲惫不堪。一睁眼已经是将近白日正午时分。

几乎是睁开眼睛的同时，梦境的内容便倏地历现眼前。一股强烈的、充斥己身的、狂热的喜悦和解脱，令他吃惊不已。

他清晰地感受到另外一个自己在对着自己大叫，但他看不清楚它的要求和模样。他只隐隐地预感，在梦里出现过的那台摄像机，将从此出现在自己此后的行程与目的之中，并以不断重复的固定模式，决定他的人生。

他抬头看一眼墙上的年历，到了该去看看祖父的时候了。

正在犹豫的当口，马修打电话来，还有不到一个星期，项目合作的事该落定了。

莲升决定先解决实际面临的问题。

马修约好的会面地点开车约有半小时路程，莲升决定搭乘轻轨然后步行去，在路上的时间用来梳理下谈话思路。

餐盘里有打包回来还没有吃的牛排，他闻了闻，还很新鲜，便放进烤箱加热。

冷藏格放着昨夜里打包回来的咖啡，莲升一时不知该如何处理。

他觉得生活中总是会有这样的状况出现：有些事情可能很简单，但因为拖了很久没有做，就变得难以应对了，做的话，有可能已经过了保质期，失去做它的必要性，让结果变得面目全非。但若彻底放弃，总还是不会甘心。

在轻轨上，他拿起随身带的书翻看起来。这是他乘坐公共交通工具时一向的习惯。也不全是因为车上这段时间难打发，而是书报能使他保持注意力不分散，尤其不会让他脱离现实想入非非。这样日复一日，来来回回，他便能很好地躲在自己的世界里不被干扰。

他热爱大城市，即便到处充斥着犯罪和污染，他还是会毫不犹豫地挤在人群之中。他爱人群就像爱大海一样，它们都一样的包容和宽广，更重要的是，能够在他需要的时候，适时地将他掩盖，当伤害来袭，外围的人也可以保护他的安全。

如果他看见一个美貌的女人，他也已经做不到冲上去向她殷勤地打招呼，或者试探着她或许能和他有其他意想不到的暧昧发生。他似乎已经从本能上丧失了这种兴趣，也失去了某种判断力，好像没有什么女人能使他不顾一切去冲上前去，而那些“一切”会是：她的发色不够特别，她如果不戴这种眼镜才是对的，她看上去眼圈很重，生活习惯一定不好……或者是，天色突然阴沉了甚至下起了雨，那一定是上天在警告他，他不应该去认识她。但事实是，常常他看她们第一眼就想着能够拥抱她们。可莲升就是要这么抵抗自己的本意，并且他确信这样没错。

走在街道上他遇见一些人，看着他们经过，远去，他们在那个时刻出现过，这一点永远也不会消失，即便他不会再与他们相遇。这一点使他非常沮丧，这些瞬间即逝的人他谁也记不住，在他们匆匆的步伐中他也不知道他们要去做什么。他们是否心怀喜悦，这些喜悦是否真实？或者他们痛苦难挨，这些痛苦是否亦有可贵的地方？

所以可能只有在梦里，他才能以某种形式拥有他们，和他们发生关系。

莲升第一个到达见面地点，他找了靠窗的位置坐下，点了咖啡和放樱桃的甜酒松糕。

他很快注意到对面有个女孩子在看他，女孩很漂亮，但打扮拙劣，而且紧张。莲升看她一眼，她就慌慌张地低下眼。

莲升忍不住地设想：5分钟之后，有一个女人走进来，40出头，样貌平庸但极尽华丽，羽毛斗篷，胸前配一大串金色几何镶水晶项链，金色镂空的长耳坠摇曳在发梢之间。进门之后她左右只稍一环视，就径直朝女孩子的方向走去。

想到这里他屏住呼吸。

女人落座在女孩的对面，女孩子刚一抬头，只差一秒，女人便将手中的铆钉手包挥到了女孩子的头上，紧接着是第二下，第三下。女孩子一言不发。只是本能地拖着椅子拽着自己的尊严，椅子在坑坑洼洼的地面划出悲鸣声。

莲升不知道自己将这段想象持续了多久，他努力想要使它走得更远一些，以免其很快就被真相占有。

真相总会更无趣而且残忍，莲升坚信。

有个高个子，穿着一身雅痞黑的年轻男人走了进来，他径直牵动了莲升的思绪，并且不出所料向对面的女孩子走过去，一靠近那女孩就开始亲吻她，并且越来越激烈，似乎要把整个身体嵌入那女孩子的身体里。

莲升看向身后的窗外，天色阴沉得厉害，向不远处的海面铺展开去。雨从天际落下的时候，开始形成一把玫瑰色的扇子，使得莲升此身所处的这个屋子里格外温暖而舒适。

此刻，他比前一刻更加确信自己的想法。

不知道怎地他忽然想起梦里的那个女孩，如果那不是一场梦而是现实的话……接下来会发生什么呢？

“莲升，我来介绍一下。这是顾琴琴，GCO公司的客户总监，资深广告人。”马修出现在视线里。

莲升起身，望向马修身边的女人：短发，貌美，戴着彩色大水晶花形耳环，项链是华丽的巴洛克，散发着上流社会的气质。马修说话的时候，她亦直视着莲升的眼睛，流露出莲升不敢探究的睿智。

彼此握手问好后，莲升试着介绍，“这里的鹿肉很好，还有鱼冻。”顾琴琴很快点点头，“给我brandy，double。”接着从包里拿出一包长寿烟，取出一根，马修殷勤地为她点烟，“琴琴，你还是老样子哦，喜欢白天喝酒。”

“工作前喝酒，会让我觉得放松……鹿肉估计还是得等一会儿，我们先谈谈你们的新项目吧。”女人吐了一个烟圈，面颊露出不合宜的清纯酒窝。

眼前的女人叫莲升分外放松，他开始侃侃而谈，这是莲升擅长的事情——如何用语言撩拨别人的心思，以及，到达自己的彼岸。

这应该是继承了父亲的本事，他优秀的父亲曾经是著名的城市与地方政府联合会执委会主席，亲赴北京参加该组织世界理事会的活动。莲升 7 岁时母亲病逝，父亲失意酗酒，却很快爱上了年轻的酒吧女。又因女人的背叛，更加疯狂地酗酒后，染上重病，离退，然后消失在莲升的世界里，听说是去了越南。

再无消息。

父亲离开的第二周，莲升过 14 岁生日。

莲升很难清楚地形容自己与父亲之间的关系，及他对他的感觉。从莲升有记忆的时候开始，父亲一直都在做生意，还经营了一家电厂。家里常常喧闹，来家里的人讲话都很大声，带着同一种腔调。但就是突然有一天，家里忽然开始冷清，后来莲升知道那是因为父亲得罪了人，他的生意开始衰落，或者说，是生意本身到了该衰落的时候，生意的性质在那个特定的时间，特定的地点，再也不可能生存下去了。城市在那个时候正在经历一次解体，尽管看起来人人都不在乎。

后来父亲的电厂转租给了别人，转租之后开始生产制作凤梨酥硬糖。父亲只是每隔两个月去收一次租。

莲升偶尔会和父亲一起去。那时他还太过年幼而不能分辨自己看见的东西，他只记得那个破败的地方给他的印象，仿佛正是因为他的不解，对这些经验的原始感直接刻进了他的大脑，直到当下它们还在，就像扎入拇指的刺一样直接。

厂房在市区，却很好地被周围其他的建筑盖住了，穿过白漆斑驳剥落的厂房大门后，门内的事物更加阴暗而荒凉。作坊由十几间20多平方米的小房间构成，每扇门后，都有几个没精打采的人在疲惫不堪地工作。最栩栩如生的是那种气味，就像贫穷不仅仅是缺少金钱，更是一种生理感觉，一种侵入你大脑的臭味，令人绝望。因为知道是房东的儿子，每个人都对小莲升投来羡慕而巴结的微笑，还有女人会来拍拍他的头。他记得有一次他随父亲去厂房，一个工人的孩子也在那儿。男孩子穿着一件T恤，莲升一眼就看出来这件极其容易辨识的T恤：红蓝条纹，左胸口有一个很大的口袋极不对称地缝在那里——毫无疑问，这是他以前的衣服。无法解释地，莲升感到强烈的羞耻感。

还有一次，莲升更大一些的时候。在祖父家，盛夏暴热。父亲要求莲升帮助祖父家里的长工在屋顶上刷白漆。长工叫伊夫，从小和父亲一起长大，父亲待他很随意，甚至可能是信任和依赖，远远多过对待莲升。刷到一半的时候，父亲唤伊夫下去抽烟，并且两人开始长久的谈话，时不时哈哈大笑。莲升一个人在屋顶干活，午时刚过，照射在黑色屋顶上的烈日暴射在莲升的脸上，大约半个小时之后，莲升一阵眩晕，从脚下一块湿着的白漆上滑倒了，从屋顶摔下来的时候刚好有一个大开着的油桶接住了他，白漆糊了他一脸。

大概是被发生的事情吓坏了，莲升无比迅捷而清醒地从地上爬了起来。他很清楚地记得那个场景，父亲和伊夫显然也是被莲升摔跤的事吓到了，他们先是目瞪口呆地盯着莲升，但看到莲升从地上惊慌爬起身的样子，转而哈哈大笑起来。

莲升不确定自己是否可以动怒，父亲的嘲笑却恰巧是一种也令莲升觉得好笑的方式，于是他也开始大笑起来。

在那之后的很多天，父亲突然在一次午饭结束后对莲升说，“那天你的衣服坏了，我带你去买几套。”

尽管他为自己找了很多借口，他其实一直都非常明白发生了什么，以及自己与这些事的关系如何。

莲升常常觉得，从父亲离开后，自己的心开始变得像一个酒杯，从一直默默无闻开始不断斟满任何东西。而自己也正是以离开他的方式，开始靠近他。

侍者在说话热情高涨的莲升身后站了一小会儿，直到顾琴琴示意他可以走过来。

“抱歉，给您上菜。”侍者帮忙分菜。

顾琴琴说着，右手微微拨弄了一下左手腕上的佛珠蜜蜡，莲升注意到那蜜蜡成色浑浊不清，品质低廉，和她高档的派头截然不符，甚至显得滑稽。

莲升分明感受到体内某种熟悉的情绪被点燃，好比自己正在和另一个不为人知的自己意外相逢。

“你知道的吧，顶级的鱼子酱也不会合每个人的胃口。”顾琴琴说。

她接过侍者手中的酒，“鹿肉也是一样，喜欢吃它的人可以在任何餐厅找到适合他们的口味，但如果能把其中一种口味做到人人赞赏，也能把其他口味做得相当出色，那就不容易了，不是每家餐厅都做得到，或者说，首先想得到。”

“你的意思是？”

女人头向后靠，像中场休息的拳击手。

“很简单，今天你设计了精美的别墅，明天有人会设计出更好看的。今天你卖房子送一个阳台，明天别人就可以附送一辆汽车，可是如果只是靠不断地加大筹码，那就是无能的竞争。马修，我记得你曾经在一开始对我说，你这次想要做的是赢得人的心，对吧？”

“这是我们最想做到的事。”

“人和人之间是不同的，他们的心也是不同的。对于一个逛超市只逗留在食品区，买个西瓜还要货比三家的女人来讲，厨房的意义可能胜过一切；而对那些心思只长在大街上的女人来讲，Chanel 和爱马仕的意义才是胜过一切的。不如在她们买房之前就问清楚，她们心目中那片空间，应该放在哪里。”

马修打了一个响指：“Bingo！”

晚饭结束，莲升回到家。他拍拍大衣的灰烬，挂在椅背上，从衣柜里，拉出一件一个女人为他手织的开襟毛衣穿上。

她是爱尔兰人，有清澈的蓝色眼睛和浓厚的眉眼。他们在欧洲一间小旅馆的酒吧相识，住在一起两个星期。那段日子她日日陪着他。做爱的时候她总是喜欢背朝着他，他们小心翼翼地抚摸着彼此，沉浸在莫名其妙的担忧之中。期待着或者做着一些别人并不喜欢的事情。如今那两个狂热的身体已经一去不复返了。

但在莲升内心深处一直有一种痛苦和欢乐并存，时不时跳出来想要撕碎他。

那个时候他一直有一种感觉，那个女人是他中学时代的女性朋友。与其说是过去，不如说是他意淫出来的一段关系：谁都喜欢她，谁都想得到她，但随后她死在了自己的手里，死在了逃亡的路上。

他想了一会儿，终究没想起来她的名字。他走到阳台，午夜的火光渐微，街上有零零散散的夜归人。

有些想法在他心中蠢蠢欲动。应该是和白天那个女人有关吧。

他想起她说的话。

对啊，如果是在这间别墅里，哪一片空间对自己是特别的呢？容自己挥霍大块时间觉察自己，对自己的放任？像同类一样依靠本能对话？

他闭上眼睛，仔细回想房间里的每一寸角落。

答案是床。没过一会儿他就在心里脱口而出。

居然是床，他笑了。

他回到房间，端详着自己的床：圆弧雕面的抽屉柜，床铺靠近窗户，被单崭新。他把自己裹在骆驼毛晚袍里，正对着星星和流云。

外面下雨了，贴着窗户的树叶有节奏地拍打着。忽然他开始肯定今晚是个无眠之夜，抗拒也无效。

无眠之夜的灯光一路延伸，先是床头小灯，接下来是卧室主灯，过道灯，白亮的厨房灯，最后是冰箱里的照明灯。

莲升决定为失眠吃一次午夜大餐，不用在乎热量和营养，愚蠢地听从口腹的需要。他吃了一片蛋糕，四块奶酪，一块巧克力和剩下的所有的牛奶，大脑下意识地计算了他吞下的食物有 700 卡路里的热量。饱腹的空虚感受使他心情开始低沉。客厅是暗黑的，莲升面朝窗跌坐在沙发上。他看着被风煽动起来的雨越下越狂，开始在心里勾画出另一幅他自己也全然陌生的场景：窗外正对面不远处有一艘巨大的船，如宫殿般灯火通明，停靠在重重喘息的海上，海的嗓音很性感。幻想充满了凉意，莲升起身回卧室去拿枕头和鹅绒毯，决定在这美丽的环境里安放今晚的睡眠，可当他回来的时候，船消失了。它就这样不见了，他甚至没有注意到它在动。

莲升的梦

路上行人稀疏，我不知道自己要去哪里。

远处的天堆积了透明的、紫色晶体的云，云是细长的，圆柱形的，密密麻麻地彼此积压，像蠕虫一样蠕动，说真的，美丽无比。

我抬头的时候，那些云忽然向我头顶压过来，就在距我不到50米的位置停靠住。接着那些紫色的晶体一只一只地掉落，落在地上，或者行人的身上。

有一只砸在我的左手上，我没有疼痛，但我的手瞬间血肉模糊。

人们惊恐地大叫，四处逃窜。

很奇怪我并没有觉得讶异，因为我开始意识到这是一场梦，事情以某种形式正在发生。

应该到了中央西街的路口，耳边有旋律奏响，是柴可夫斯基1812序曲，从一家酒吧传出来。

一个低矮的红砖瓦房，与周遭的街景格格不入。

我没有丝毫犹豫，攥着谨慎和兴奋走了进去。

一切都顺着我的意想在发生，我深知自己能够主宰一切。

“Waiter。”有人朝我招呼。

我微笑，向他走去。我知道这是我的角色，呼唤我的男人，沉重地坐在椅子上，一口气喝掉了杯中剩下的半杯伏特加。

“再来一杯。”

我接过杯子，静静等待属于我的使命。

男子接连喝了三杯，掏出手机打电话，骂骂咧咧了几句之后，掏钱放在桌子上，走出门去。

什么事都没发生。

我意识到我得继续等待，或许得一直到清晨勇气最高涨的时刻。

大约30分钟后，穿一条连体开衩裙，露出毫不引人遐思的胸部的女人走进酒吧。高跟鞋是街上最常见的廉价的款式，跟极高，大约15cm以上，她走得很快但看起来极其滑稽和蹩脚。

“一个人忍受无数个黑夜，活着真是没有意义，对吧？”她看着我。

我问：“你要喝什么？”

“碳酸琴酒，double。”女人揉着下巴，“那个混蛋，我不会再给他钱了……我不可能一直吮着手指等他回来。”女人自顾自地说着，拿起桌上的餐巾纸擦了擦胸口的汗渍。

我试着去发现问题所在，做好了一切准备迎接眼前的状况。

不过5分钟的工夫，酒吧就忽然装满了人。色情男女，各色滑稽的声音，许多亲密的谎言。

窗外时而有尖锐刺耳的警笛声路过。

我环顾四周，试着找出密码的风向标。

喝碳酸琴酒的女人起步走向舞池，开始跳起艳舞，她先是脱去紧贴着开衩裙上的低胸外套，踢掉15cm的高跟鞋，接着又扒下开衩裙的肩带，露出拖沓的丑陋的乳房。现场一片嘘声和尖叫。

可怜的女人，我想。曾经很多时候，她一定试着通过密布的乌云窥探阳光，可却心甘情愿地在一个男人的谎言中腐朽。

我想象着，她可能为他做过的事：卖身、诈骗，偷家里人或者大街上那些穿名牌的大学生的钱。

没有人看重她的存在，包括她自己。

人们常常不记得自己的真实身份、本性，却狂乱地到处投射，扮演着可笑的角色。

就像一个个不断掉进深渊的人们，最后在深渊见面，彼此露出对同类的狰狞。

女人几乎脱得精光，只剩下一条内裤。

我在等待着一包砸在我脚面的药粉，或者其他什么。我也不清楚。我可以什么也不用做的，我一定得做什么吗？我一定得杀了她吗？

这一刻我开始有些怀疑自己，究竟是自己领受了上天的旨意，还是自己假惺惺地以待命的方式来遵循自己的本意？

但很快我平静下来，我告诉自己，我内心的判断力，正如我内心的其他东西一样，无疑是我从上天那里得来的，与生俱来的东西，而且，既然上天是最公正的，那么他就绝不会给我一种能力，使我在真心使用它时出错。

我默默背诵艾格尼丝的语录：

当你演出时，你已经不是原来的自己，
而是更大更强的那一个，
在那几分钟里，你是个英雄。

“给我伏特加吧。”一个女人，一个胸脯。我迎上她的目光，她笑盈盈却无比坚定，“我要一瓶。”

窗外的警笛声减弱，一会儿便消失在巷子深处。

天快亮了，我想我没有时间出去看看酒吧外面的那些壮丽的云层了。

我走到吧台，拿起一瓶俄国伏特加，向舞池中央走去。只三下，我就敲碎了她的头颅，酒瓶却依旧完整。

但我没有办法继续待在故事里了，因为梦境亦被打翻了。

一切显得自然而平静，白日进入的时候，阳光依旧笼罩床脚。

而对于工作中的那份提案，甚至以更加顺利的姿态在进行。莲升的干劲儿令自己亦感到些许吃惊。回到白日，自己再次陷入人流，夜晚的经历很快推至幕后。他觉得这就像自己越过一段喧嚣的路程后，选择另外一条路掉头来到那段路程的尾端，这样他就可以不被他人发现，却可以静静回首刚刚经历的事情。

内部提案会议终于结束，马修和莲升的项目构想得到了集团总公司的认可，推广的预算也因此得到了增加。项目的前景一下就变得亮丽起来。“去 Opus One 喝一杯吧。”马修脸上浮现轻松的光彩。

莲升知道马修为争取预算所付出的努力，一个男人的努力总是会被人尊敬的，而有一点是莲升一直无法告诉马修的：他是被迫加入了马修的努力之中，就像是当身处同一战壕，你亲密的战友为了信仰冲锋陷阵，你不需要也不能多想，必须一同加入，尽力完成，尽心跟随，即便你其实无心恋战。

很多时候，你只是看重身边的人，以及你和这个人之间的相处习惯，而不得不接受和顺从更多东西。退出来重新看待对方已经非常难。

在 Opus One 门口，莲升特别注意到当日的广告手写牌上除了红酒，还意外地推荐了特制的鱼子酱，这是很罕见的事。Opus One 极少推荐主餐，除非盛大节日。

而红酒则是店内招牌“Opus One”。

顾琴琴坐在最靠吧台内的椅子上朝他们招手，那台椅子的射灯射线最短，直投在椅背上。

莲升向她靠近，射线形成最短促而强有力的包围将她环绕住，看起来她像是祖母故事中那个背着光圈的人。莲升心上泛起一层恐慌。

“老板推荐了我 Opus One，你们应该也喜欢吧？”顾琴琴用手指尖来回划着酒瓶。

“今天你说了算，喝什么我做东。对了，今天还有鱼子酱，我们等一下要一份。”马修说。

“看来提案是一帆风顺哦？”

“佛祖保佑，一切顺利。和政府那边也确定关系了。真是佛祖保佑啊。”

莲升一言不发，身处 Opus One，他难以避免地陷入连续两天的梦境里，就在自己此时身处的这个房间里，自己曾经如此真实地成为另外一个人，成为另一个灵魂的接管者，如此诚实而勇敢地对待一个生命。但此时的自己，坐在这里，对任何其他人其他事都无能为力。甚至对是否想走入一个女人的光圈，都无法确定。

那一瞬间，他甚至有些开始憎恨那个发自灵魂深处的声音，尽管它一直为他指出了正确的方向。

“你们的酒醒得差不多了，可以喝了。”老板走过来提醒。

顾琴琴拿起酒杯在莲升眼前晃了几晃，“我知道你在想什么？”

“什么？”

“一个特别的故事。”

“好吧，你猜对了……其实是关于这瓶 opus one。”

“那就说来听听。”

“加州著名的酿酒师 Robert Mondavi，在 52 岁的时候因与弟弟的经营理念不合，在家族斗争中黯然离开。在如许高龄仍旧四处借贷，成立了自己的酒庄。其卓越品质后来成为当地名庄。Mondavi 听闻波尔多一著名酒庄的掌门人菲利普男爵曾鄙夷地说美国酒就像可口可乐，每种合起来都差不多。就下决心要改变男爵的看法。”

“然后呢？”

“然后我来讲。”马修说，为顾琴琴倒酒，“1971 年的时候，两个人在夏威夷见面，Mondavi 便提议合作建厂，自然被男爵拒绝啦。但随之而来的，大约是在 1976 年，没错吧？在 1976 年的巴黎品酒会上，加州酒大放异彩，Mondavi 没错过这次大好机会，再度找男爵合作。你猜怎么着？男爵恰好在那时在思考拓展海外事业，两个人一拍即合，只花了一个小时就敲定了合作计划。波尔多与加州两家顶级酒庄轰动酒界的合作，所诞生的，就是你顾小姐正在品尝的这个价格和声誉都不菲的名酒——Opus One。”

顾琴琴大笑，“原来是这样，原来你们俩拐弯抹角地是想告诉我我今天占了大便宜对吧？”

“谁占谁的便宜还不一定呢。”马修狡黠一笑，身体靠回椅背。“Opus One 的成功，除了 Mondavi 的努力，还有一个重要的契机，就是那场品酒会，如果没有它，就没有 Opus One 的今天，所以，我需要这么一个契机。有这个契机，我们做的事情才会有价值。”

“明白了，等我好消息吧。”顾琴琴自顾自将杯中酒一饮而尽。“但我还有一个要求。”顾琴琴趴在马修的耳边耳语两句，两人相视两秒后大笑起来。

直觉告诉莲升那些话和自己有关，而眼前的女人像极了记忆中的某个人，机敏、侠义、孤独，她认真对待你，却离你很远。她与你一起共度某些时光，但你总会觉得，她只是暂时抽身于她的世界来与你相处。她在那个世界尽管未必快乐，可她一定不会愿意回来或者改变自己。

而这样的女人，不管是好奇、倾慕，还是爱恋，都应该离得越远越好。况且，走入了她的光圈，自己也会失去退出的机会。

莲升不由自主地又看了一眼顾琴琴戴着的蜜蜡手串，他的直觉告诉他，这个手串是属于她在那个世界的东西。

自己是否也拥有一个自己还没有清晰认知的世界。又或许，那个自己已经开始通过某种方式在召唤自己？

连续三天的梦境，意味着什么呢？他一次次亲手执行了他人的死亡，仿佛完成一个个仪式，而在那些个仪式中，自己似乎并没有其他的选择。

但是通过那些人的死亡，自己的用意是什么？是我的必经之道，还是通过我的梦境完成那些人的新生？

“如果我没说错，你又在想其他的故事了，而且这个故事一定更特别。”顾琴琴喝到兴头，毫不顾忌地靠近莲升的胸口。

然后，她直视着他的眼睛，用无比清醒充满期待的眼神。

莲升体内回应起澎湃的欲望，本能地使他凑向她的唇。

这还是自离婚之后，自己再次对一个异性有不可抗拒的生理反应。他确定自己没有在表演。

他觉得自己一直爱着过去的某个女人，尽管他并不能确认是谁。然而事实是他要求自己为一个人，一个女人付出的情感，他已然不可能办得到。

几乎是在同一瞬间，在年少时梦中曾经无数次出现过的一个女人，突然在自己脑海中翻转摇曳——

那个端着比熊毛绒玩具，站在马路对面、楼梯口、餐桌前的女人，用力看着自己的眼睛，发出怨恨的光。是的，曾经使自己害怕亦无从探究的梦里的那个身影，不知什么时候自己已经忘记，却在此时突然跳进回忆里。

为什么呢？她和眼前这个女人，有什么联系么？她们和自己，又有什么关系么？只是他又想起一句话：在你遇见某个女人之后，你将有99%的机会再次遇见她。

他的脸停留在她的唇边，因费力思考变得通红。

“你这个样子让我想起来另外一个人。”她说。

“这是给我台阶下吗？”

“之前在香港的一个酒吧里，我和一群朋友喝到差不多了，有一位我一直没注意过的男人走过来问我有没有男朋友，第一眼我就被他的鼻梁和嗓音吸引住了。但不知出于什么心理我告诉他我是蕾丝边①，他说，我不相信，你不会是。我就笑了，我说我就是。我不明白我是在测验他还是在给自己与他之间留更多的可能性。他说他在台北刚买了房子，已经装修得差不多了，美国田园风格，阳台有20平方米，摆了长长的檀木酒架。他想找一个马上就能结婚的女人并且他相信我就是。他说人能活多久，为什么我就不能直接马上娶自己喜欢的女人回家呢？我们后来单独开了一桌又要了一瓶香槟，互换了手机号码。两个小时后我先离开那个派对，他送我上车之前拥抱了我。我当时想，那个拥抱饱含了很多他没说但我一直在想的东西。但是从那晚之后，他再也没有给我打过电话。”

“真的吗？一个电话一条信息也没有？”

①泛指女同性恋 lesbian。

"没有，就那么消失了。那晚的一切就像是我幻想出来的，好像从未发生过。你知道我最不能容忍的是什么吗？是他用最打动我的一句话打动了我，然后用最陌生的方式和我维持陌生。"

"哪一句话？"

"'人能活多久呢？'就这句，当时他把我问懵了。"

"所以，"顾琴琴直起身，"我开始明白一个道理，当我要想给你一些你会更喜欢的东西，我必须更谨慎地挑选时机。"

喝完最后一口酒，"喝得差不多了，咱们走吧。"

莲升的梦

我身处一个人声鼎沸的理发间，宽敞而华丽。四下里有耳语和吹风机巨大的嘈杂声。

我知道，我应该是一个发型师，而我的口袋里，躺着好几个弧度优美的理发剪。

我已经越来越容易进入角色，进入自己并不熟知的另一个灵魂。每天的这个时刻开始，我要塑造远比自己更加丰富的另一个人，真正让自己满意的人。一个即便在夜半独处的深思后依然可以安心面对自己的人，有着明亮、清新的快乐，不担心无人知晓，更无须与任何人分享。

是的，这应该就是我此刻在这里的全部意义。

这里是我的舞台。

这些生命，曾搭乘飞机通过乌云和乱流，然后飞机突然往上爬升，进入清朗无边的天空，他们将迎来新的自由。

有人走进视线。

我迎来了今晚的客人。是的，我的夜晚，即便此刻窗棂阳光渗进。

一个男人。衣着白色衬衣，袖口齐整，但显然他曾经精致的胡须需要好好打理一番。

在我为他服务之前，我不记得自己和他说过什么。似乎有一些章节已经被剪掉，连我也不被允许知晓。

我在想我该不该是一个善于搭讪，有好口碑和人缘的发型师？我善于用什么腔调表达我的意见呢？

内心的活动毫无目的地围绕着我的目的展开。

短短几分钟内，我对他的发型有了策略判断：我说我决定怎么处理他的鬓角，我除了建议他留一个发髻高高地梳上去，还建议他用发蜡塑造他喜欢的任意形状。

仿佛忽然之间我真的有了改变别人样貌的能力。而事实上这些对白更像是被封仓的弹药，我从脑袋里掏出来就直接可以用来杀伤他人。

他一直专注地看着镜中的自己。

“你怎样看？这么做你觉得怎样？”我问道。

“我是警察，但我也有自己完全解决不了的问题。”男人开口。

我将白色的洗发浴巾搭在他的肩膀上，毫无意外地接受了这个开端。这是我一早就开始等待的，即便我从不刻意去猜测它究竟是什么。

我说，“那也是难免的，是人总难免有困境。”

“我刚杀了人，杀了我的老婆。”男人说。

我从镜子里看着他，他很镇定，有着警察特有的从容。但短须的脸因阴影和苍白而阴暗。

“为什么呢？因为她背叛你了？有了别的男人？”

“是的，但也不是……是我先骗了她。我爱的是Louis，我的同事……他是我的男人，是的我很爱他，我们从警校就结识了。”男人说话的时候，也没有看我一眼，仍旧看着镜子里自己的眼睛。“为了家里，我找了她，和她结婚，当然很对不起她……但是，她不知道怎么发现了我和Louis的关系，这个贱货！婊子！她居然去勾引Louis！她在报复我……”

“所以你杀了她？”

男人突然看着我的眼睛，“这个小镇里，每个人都以为自己很了解你。但是真相不是那样！我恨他们！就是为了他们，我才去上警校，才和那个贱人结婚。但我总以为这一切都没关系，至少我有Louis，至少我有机会……我万万没想到，居然，他会爱上她！会为了她和我分手。这两个该死的人，那个婊子。”

他的身体有些颤抖，但他惯用的理性抑制着他。我注意到他领结周整，衣服毫无半点血迹，我问道，“你是用什么杀死她的？枪还是刀？或者毒药？”

“我将她推了下去，从十二楼。”

“警察们都知道么？”

男人脸上突然闪过恐怖的狡黠，“怎么可能，我可是警察。那种自杀的场面，很容易包装。”

“那么Louis知道吗？”

狡黠很快凝固成阴冷的面色，“那个混蛋伤心欲绝，应该就在现在吧，还在试图找出她自杀的原因和证据。那个混蛋，为了一个贱货……”

“那么，接下来你要做什么呢？挽回你的爱情？”

男人的神情显得得意非凡，“对那个负心人，我不再稀罕了，那个蠢婆娘的所有的财产现在都归我了……我不用再结婚，不用再当一个愚蠢的、无能的警察，这些钱，够我去台北做生意。一切都可以重新开始了。”

我将手伸进口袋里，刀片在我的手掌来回翻滚了好几圈。我拿不定主意，我需要谨慎地、严肃地面对每一个时机。我的心中激荡着正义的责任感。

“你为什么要告诉我，你不怕我去告发你么？”

年轻的警察挺一挺上身，像是给自己充分的激励。“没人会相信你的，我刚才已经说了，一切都已经过去了。

“先生，给我一个完全不一样的造型吧，我相信我的人生会在你的剪刀下全然焕新，我正在从头开始。那两个负心人，一个人已经死了，另一个人在拥挤的房间里，孤独地靠在门槛上……这就是报应，不是吗？”

我意识到自己，将杀气腾腾的指关节划过鼻尖。

我用尽短的时间，为他做了耀眼的发型。在这个梦境里，我一定拥有这个业界的光环，就像面前这个年轻的警察一样，有着别人眼里的纯粹光鲜。

而真相总是难免像一剂硬拳头，将人们狠狠击倒在地。

“你现在最大的愿望是什么？”我问他。

“赚一大笔钱，找到自己终生的爱人。”

我的手平稳地放在他的肩膀上，随着他的叙述，我感受到自己的力量即将喷涌而出。

“年轻人，你知道么？一般情况下，我们毫无选择的余地，就被拖向我们的出生地。就像是小鸟被引诱进笼子里，干草着了火，或像一只动物掉进泥沼般无能为力。”

“你想得太多了，也说得太多了。”他不耐烦地挥挥手。

“有一点你一定不知道，你只是出现在我的梦里，在这些梦里，你是最不想死但最该死的一个人……或许我的判断还为时尚早，但不管怎样，在你死之前，我都该告诉你，一切永远都有希望，现在就是真正需要你祈祷的时候。即便一切都显得过于苍白了。

“现在，你已经有更合适的出路了……”

我没有丝毫犹豫，将滑溜的刀片切进了他的太阳穴。

莲升从梦里醒来。

查看讯息，有马修的简讯留言：

琴琴在联络发布会的事，今天你在家好好休息一下。明天下午和琴琴介绍的人见面。开着机等我电话。

天已大亮。阳光晴好。白灿灿的朝阳刺穿密封的窗帘，莲升却有生以来第一次不想起床。

如果继续睡下去，接下来会发生什么呢？一想到此，莲升觉得全身的血液一蹴就蹴到了头顶。

他平躺着，手脚伸张，使劲伸展着每一条筋骨，万分依恋地感受这张床带给自己的快乐，以及，荣耀。

可能这才是信仰该有的样子：越是觉得有所谓，越是自发且自由地去相信。

他再次双手捂住脸，回顾这夜的每一个时刻。他依照每一个时刻的进展，分别将自己的视线架在那个理发间的不同角度，他需要以另一种高度或眼光，来观看某些细节的动人之处。只有他自己明白的动人之处。

莲升紧紧依靠着自己的回忆，肌肉发紧。他时而冷静，时而果决，时而深思，时而谦逊，他曾如此怡然自得、恰到好处地扮演着另外一个灵魂，是比现实中的他更强更大的那一个。

像个英雄。

他走到书房随意地翻看旧报纸，眼神定格在连载小说《美丽的赎罪》。

这是一部待续的连载小说，讲述的是女人为男人的前程而主动放弃幸福，自己承担所有痛苦的悲情故事。作者在故事即将有崭新转向的时候突然去世，因此连载中断，作品未完成。也是因为如此，故事中的两个人就永远失去了获得幸福的机会。

他忽然想，这一切会不会就这么结束了？会不会就在今天晚上，或者哪一天晚上，在自己还什么都没有准备的时候，就突然结束了？

莲升心头袭上一阵恐慌，烦躁不安。

曾几何时，自己对这种暧昧疏离的关系最为着迷。越是看不见一个女人的另一半面孔，就越是向往。但是好像随着与女人真正的亲近，他反而越难以捕捉她们本来的那面，就好比光穿透的黑暗，以及黑暗射出的光亮，两者不再有什么分别。

他想起顾琴琴，以及她昨晚说的最后那一句话，忽然觉得下体膨胀难忍。

他想起与他的前妻在一起的最后几年里，他几乎失去了性欲。他与她相处的所有时间里，都有深深的失望感笼罩着他们。有时候她赤身裸体地躺在床上，一面静静地等待着他，一面看杂志。他刚碰一下她，她就极度兴奋起来，来得非常快，好像是自个儿在那儿兴奋，而不管莲升的存在。这使莲升非常不愉快，就像面对一块发酵过度的面包。

他开始对她变得很粗野，尽管她似乎并不在意，他故意把她晾在那里，甚至是在过程中。一种他自己也描述不清楚的粗暴控制着他，他担心自己会走得更远。可她仍然跟着他，他并没有把她吓跑，甚至可能恰恰相反。

他开始——或者说不得不和她疏远起来：改变自己的习惯，早早上床，关掉灯，把毛线毯捂在头上装死，天一亮就起床出门，或者在早餐的时候佯装打客户电话。她想跟着他，却不敢表达自己的需要，最后她终于放弃了，并且迅速地持续地变瘦，她瘦骨嶙峋，体型更加向前倾，走起路来身体远远轻快过她的心思。

失望很快过渡为绝望——她开始在进卧室的时候也不开灯，以免把他弄醒了。有时候莲升会突然醒过来，一把把她拉在怀里，想和她做爱，她常常会低声说，“你不必这样强迫自己”。他回答“我没强迫自己，我爱你”。莲升回头寻找卧室的镜子，想用眼睛看着自己做并无感觉的事情。

分手的一周后他们做了最后一次爱，她穿上了很多年前买的维多利亚的秘密的粉红色蕾丝内衣，显然因为内衣尺寸已经过小，她腋下的肥肉被内衣的钢圈挤出两个和她乳房差不多大小的肉团。

一切都没有任何变化，莲升仍旧没有改变，甚至比之前任何一次都更快地结束。

他常常觉得自己从未正视过自己的性欲，莫名其妙地和它抗争，判断它的合理性，是不是出了错。显然他也不愿意自己把事情搞得这么复杂，他恨自己这样。

墙上挂钟的闹声中断了他，莲升决定开始工作。但他忽然开始觉得有些不对，因为他意识到自己的这个“决定”实际上和自己并没有太多的关系。就像是他一直决定不抽烟、宿醉和乱搞，不在外留宿，不喝碳酸饮料，即便渴了也不在晚上 9 点之后喝下多过 90ml 以上的水……可他从未真正和自己的“需要”商量过。

报纸的头条是一则房产商被杀的消息，几乎占了封面的三分之一。文章描述道：“在周四夜晚，在一次关于金钱和女人的家庭争吵后，妻子出走，丈夫则在厨房被刺杀身亡……妻子说丈夫是自杀——死者在颈部和左下腹有长达 6.6cm 的刀深，妻子承认发生口角,她唯一的财产,她6岁的儿子是这场悲剧的唯一见证人,他或许能解开谜团……”

类似这样的新闻每隔几天就会看见，莲升把这些文章当作历史资料来读，但更作为他自身躯壳的内墙上发现的洞穴绘图。它们以一种无意识的幻觉力量在他周围隐约呈现，以与梦境同样的方式扭曲现实。

宣告谋杀的标题巨大到令当天发生的其他所有事情都显得渺小，它们赋予这件事情某种自我主义的重要性，与自己梦中那台摄像机透视到的真相一样——

真相是由心灵而并非眼睛决定的。

他打开衣橱，习惯性翻出墨绿色的短呢上衣。是祖母喜欢的绿，祖母绿。

路过凤梨酥小铺，他在玻璃窗上看见自己的倒影，颜面和善。老板娘笑眯眯点头示好。

在小镇长大的烦恼，就是每个人都以为自己了解你。这是梦中年轻警察对自己说过的话。莲升此刻有些恍惚，他知道唯有意识是不受限的，但思想未必了解它适当的位置。这往往让心智软弱的人没有选择，人内心的痛苦无法浮上台面，他想。而这，一定不是小事。

也许是到了该出远门的时候了。

距离上次去巴黎出行已经有一年多了。他独自出差做展会前的访问，不断地喝酒、交谈，最终使他疲惫不堪。他讨厌这样所谓的旅行。虽然如此，行程快要结束的时候他还是听从了一个朋友的介绍去 GALERIE ADDICT 画廊，他想那里一定有惊艳的画作。但到了那儿之后，是一件他原本没有计划要做的事给了他最深的印象。看了在旅馆电视机柜上的一本旅游指南，他决定去旋转木马博物馆，传说中的梦幻博物馆，坐落在 Bercy Village 后方，馆内各种各样的可以用作旋转木马的“木马”①，不仅局限在马上，还有长颈鹿、人偶，甚至还有胖猪版的木马。那是一个星期天的早晨，灰蒙蒙的天下着雨，运河边的街道寥落。他爬进屋子里陡峭的楼梯，进入童话的梦幻。当他站在旋转的木马之间，他突然发现自己在哭泣。并非啜泣，而是无声地大哭，眼泪流过他的脸颊，仿佛纯粹在回应世界，以及另外一个世界。

莲升的梦

我只身一人在街道上走着……哦不，身边还有一位金发的女人，她走在离我半米远的右手旁，细高跟在水泥地上掷地有声。她有分寸地保持着微笑。是的，她美极了。

---

①加引号的意思是木马种类繁多。

我环视四围，这应该不是在台中……也不在台湾。好像是自己出差英国时去过的那个小镇？或者……

可我对街景完全陌生，一时难以确定。

只是，正如我预想的一样，整个行程中，我没有碰见一辆车，一个人，整个街道、田野、森林都是如此空旷安静。

我望向身边的女人，她穿得极为性感，肩带裙紧密地包裹着大腿，身上歪歪斜斜搭着一件勉强算是披风的外搭遮住裸露的后背。

她看上去不像是英国女人。我判断。

仿佛看出我的迟疑，她开口问我，“你忘带什么了？你家里的钥匙？”

我是要带她去我的家么？我暗暗一惊，那么我的身份是什么呢？她的身份是什么呢？

或者说，我该知道这些么？

我们继续走着，女人熟稔地在巷口拐弯，似乎对即将要去的“我家”的地址甚为熟悉。

我悉心洞察着周围的环境。一家维多利亚式教堂映入眼帘，这难道是……父亲居住过的威尔士的滨海小镇？

是的！没错！在父亲唯一一次寄来明信片的画面上，有这间破旧不堪的小教堂！

我停下脚步，试图透过不明朗的雾气端详这间教堂，教堂弥漫着腐朽的潮气，挑衅般孤立存在着，在顶楼有扇屋顶斜窗，亮着灯。

女人也停下脚步，等着我。

“哦对不起，我们走吧。”我说。

“嗯？不回家么？”女人疑惑地望着我。

我再次查看马路左右。是的，在马路的对面，有间别墅。

会不会就是父亲住过的房子？我按捺住心里的兴奋和莫名的怒气，走了过去。

大门柱上有个黄铜门铃，是典型台湾古民风的样式。我轻轻一推，门咿咿呀呀地开了。我走进去，女人紧跟着我，随手把门带上。

花园是英格兰乡村的隐秘风格，三面环墙。无物俯瞰。石板小径落叶未扫，像是深秋时候，显得湿滑。

家。我的家。我在心中再次复习。

进屋后，女人说，我去洗手间，便轻快地上楼去了。

我的目光掠过玄关，旁边就是衣帽间，几乎每一顶帽子都风格独特，挨着帽子的是一件均棉大衣，绿色，颇有岁月。

白色的瓷瓮塞满了古老的英式高尔夫球杆、手杖与弯曲的网球拍。

女人一会儿便踩着碎步下楼了，她换了衣服，一件樱桃红的鹅绒睡衣，还有旧缎面拖鞋。

她一手扶在栏杆上，难掩欣喜，显然和我关系匪浅。

“喝点东西么？啤酒？威士忌？你想喝什么？”

“葡萄酒吧，最好是南澳的。”

“好的，要加点什么？苏打？”

“不用了亲爱的，就像以前那样，什么也不用加。”我在心里为自己打了一个响指，确认自己进入角色的位置。

女人去了餐厅，画外音干干净净。

衣帽间有面硕大的落地镜，我走过去，想要认清自己此时的样貌。

但很遗憾，除了灰色的西装和敞着领子的黄格子衬衣（我从未穿过黄色的衣服）让我觉得陌生以外，镜子里的自己都是我所熟知的，我看见欲望刚刚好填满我的眼神。

到此时为止，我都没有在这间屋子里，发现有关父亲的任何痕迹。

餐厅里，餐具架上有醒酒器、冷肉和奶酪，以及我平日里习惯吃的一些东西。

我在她的对面坐下，面前有正在苏醒中的葡萄酒，和切成片的俄罗斯奶酪，就像我平时在家里准备的那样。

她是谁呢？应该是谁呢？

我决定直接问她，男女之间常常不是这样么？装糊涂正是爱意的表达方式——“你是我的，未婚妻？”

她掩面而笑，虽说是掩面，但笑声却惊人的大，和刚才楚楚动人的娇羞模样判若两人。

笑声停止后，她用指尖一圈圈划着桌面，挑衅地说，“亲爱的，你这么快就想娶我了？我真开心。”

“是啊，为什么不呢？你这么迷人。”

女人再度夸张地笑起来，“可我记得你说过，家是你对你所不爱的女人的承诺么？”

一个炸雷在我的心里炸开，使得我的体内瞬间溢满了煳味儿。这句话，正是出自父亲之口。没错，是当年父亲拒绝那个年轻吧女的求婚时说过的话，被放学回家的自己无意听见，自那之后没多久，吧女就离开了父亲。

一切好像开始清晰了，也好像更加不清晰了。我再次想到了前妻，当下发生的情景是被自己的经历所暗示而发生的？抑或是，当下的一切都是全新的提示，用来引导我怎么样处理她的生命？用来帮助我认清我与父亲可能存在的其他关系？

大概是看出了我的踌躇，女人走过来吻我。

既然是这样，既然两人已经决定上床，那么在这之前的调情和纠缠就没有感受以及描述的必要了。我暂时放下了费力的思考。

我充分享受着肉体的快乐，将她的秀发埋在我的肘下，将她推上了云端。

“用力，再使劲点儿，别停下来，快来了。”她到达了高潮，十足声嘶力竭地喊叫着，然后她紧紧闭上嘴巴，将另外一只手握成拳头打在我的后背上。

结束之后，我瘫倒下去，躺在水泥地上，但她立刻窜到我身上，想再做一次。

“我得抽根烟。”我拍着她的背，吻了下她的唇。很烫。

我站起身，走到窗前，点燃一根烟。

我一时想起，在现实生活中，我是不抽烟的。自然也从未带女人到家里，可眼前我做这一切都如此自然，如此熟悉。

我，与自己此时所成为的这个自己，因为父亲的关系，变得暧昧，及难以明说的亲近。

或者说，当我站在舞台上，我就在演绎另外一个灵魂，甚至我不需要演绎，它很好地引领我认知它的特点，能力，并且协助我通过我的方式驾驭它，完成我自己的使命。

那么，道具是什么呢？今天晚上，解决眼前这个生命的道具该是什么呢？

短暂而强劲的兴奋之后，我决定自己找答案。

我湮灭烟头，回到床上。在一片漆黑中，清醒地躺在她身边思考。

女人也没有睡，但我们没有和对方说些什么。过了一小会儿，她说，"亲爱的，我想喝水。"

"好的。"我吻了吻她的额头，一边向楼梯口走去，一边在紧张思考着，一杯水？会是一杯水么？一杯水如何用来杀死一个人呢？我是该下药在里面么？药会在哪里？

我讨厌自己毫无目的的猜测。

路过壁炉，我看见有一个晾着袜子和内衣的衣架。倒水的水流声很大，在这僻静的夜里，打断了我所有思考。

什么也没有发生，她接过我的水杯，咕咚咕咚喝了几大口，没有忽然面色枯朽地捂着肚子大声叫疼，也没有口吐白沫应声就死去。

接着她心满意足地躺下，仿佛想继续感受还未散尽的欢乐余烬。

我有些失望。

但幸好，时间尚早。

刚才看见的衣架让我又想起父亲，那个视爱情为一切，将生命中最多能量都给予女人的人，很可能有着这世上最简单的欲望。也许在这无耻无知的世界上，他的无畏是可贵的。我想。

记得母亲死后不久的某天夜里，透过虚掩的门，我看见过那个因为被生活辜负而没有着落的脆弱的身体，跪在床头诵经祷告，手里紧紧攥着母亲的照片，就像扶住奄奄一息的自己。

那个人，真的在这个房子里存在过吗？守候过自己的某种幸福吗？

“你喜欢电影吗？”女人突然问道。

“是的，喜欢。怎么突然问这个？”

“我喜欢爱情片，那里面有我没有的东西。”

“你没有的东西，你指什么呢？不会是爱情吧？”

“当然有。”女人坐起身，突然认真起来，用驼绒线毯盖住赤裸的上身，“我努力赚钱，就是为了等他出来……他是好人，所有人都以为他是骗子，但他从未骗过我……我们都想好了，他出来后再接一单，我们就去加州开一个小旅馆，再也不回来了……”女人一边说一边捋着自己的头发，长发细细碎碎地搭在了肩头，葡萄藤一样卷曲着。

“所以，其实我唯一没有的爱情电影里的东西，就是他们最后一定会有的那些钱，他们不用做什么，就有人为他们留着那些钱。只要长得好看就可以。”

我开始有些不耐烦，所有的状况都在敲打我的信念。

她下了床，从床头的柜子里端出一摞黑胶唱片，动作敏捷地一张张翻看，看得出她对它们的依赖程度，以及，我们的关系没我想的那么简单。

不一会儿，她面露微笑，将一张唱片放进唱片机里。紧接着，重重的旋律铺满了房间里每一寸空间。

从没想到我要送她远去
她知道我今天爱她
从来没想过我会看到她哭
我知道今天该怎么去爱她
从来没想过我宁愿死，也努力把她留在我身边
现在她走了
爱在我心中燃烧
现在没有什么可以伤害我了
……
什么都好像没有声音
什么原因，一切都这么清楚
什么都不重要
现在我们都在离去的路上

“我们都喜欢那部电影（电影《情欲九歌》）和这首《Love Burns》，生活像是天堂，天堂里没有坏人，只有你爱的人和音乐。

我真是羡慕那种生活。”

窗外时不时传来母猫烦躁的叫声。

她的眼神，一直停留在某个真实的方向。如此使人着迷。

我回到床上，吻了吻她的脸颊。她用手环过我的颈背，用嘴唇迎向我。

第二次翻云覆雨结束，四围的空气和体温都骤然冰冷起来。虽然就在半分钟前，她细腻的肌肤简直点燃了我灵魂的温度；虽然，有那么一刻，我甚至在想，我决定什么也不去做了……

但这所有的念头都随着时间在逐渐隐退，只留下一个念头在此刻分外清晰：我身处梦境之中，所有的一切都由我自由支配，但如果我不够坚强，如果我无法辨明脑袋里此时涌现出的各种思绪，我就不能守护自己的信仰。

“我养的那条拉布拉多，叫阿布。我把它打死了。”她忽然说。

“你打死了一条狗？”我惊道。

“它患了严重的风湿，在笼子里抖个不停，无论吃什么都会吐，很丢人地弄脏了地毯……我命令它站起来，它用前掌摇摇晃晃地撑起身子，立刻又软趴趴地倒在笼子里，就像一个没用的男人……我决定送它上路的时候，它就像一个罪犯，用罪犯一样的眼睛看着我，也许它知道自己终于因为病入膏肓而成为不被需要的废物。”她的话语间激荡着浓浓的恨意以及其他复杂的情感，“……我拿来一把小铲子，在我们农院的野地里挖了个洞，在斜坡略高的地方……之后，用高尔夫球棒，由颈背敲碎脊椎骨，埋了。你觉不觉得，”她说着将口杯中的酒一饮而尽，“在这个好死难求的世界上，它能这样了结，可能是任何人都求之不得的最好结局了。我从未如此仔细地思考过死亡和来生，但那天早上，太阳高挂在屋顶，我忽然明白了一切，那就是我想要的……”

我惊惧地站起身，就像自己一直小心翼翼庇护的绮色幻想忽然被惊醒。会是它么？那个高尔夫球棒？会是么？我该用它来打死她么？由颈背敲碎脊椎骨？

“下去喝一杯吧。”我说。

“不了，”她说，“我要走了，得马上走。”

墙上的挂钟突然滴滴答答地作响。

“就喝一杯吧，我送你回去。”我极力挽留。我必须挽留。

坐在窗边的餐桌前，沉默降临。两个人彼此各自喝着杯中酒，她的目光定定停驻在眼前几英尺处，而我眺望着窗外一片漆黑中的尖塔与草地。以及，不远处的，塞着高尔夫球杆的白色瓷瓮。

我该怎么做呢？会依靠“得天独厚”的信息，还是自己去创作结果？

女人突然站起身，径直地走向白色瓷瓮，这出乎我的意料。我紧张地注视她。

她走到瓷瓮旁边停了下来，从瓷瓮左边墙上挂着的斗笠样式的竹篮里，拿出一个指甲钳，然后回到桌边前坐下，漫不经心地修剪自己的指甲。

“哒哒哒哒”，剪指甲的声音在此时静谧的空间里发出令人心悸的巨响。

一只指甲壳飞崩到我眼前的手臂上，然后落在桌面。被剪断的指甲竟生生刺痛了我。我用手指粘了起来仔细来看：这是拇指的指甲，断裂的圆弧处异常锋利，用它在自己的手背上划了划，手背上的皮肤竟像被蜜蜂蜇咬了似的立刻红肿了起来。我凝视着它，某一个梦中的场景些许跃进我的意识：我正在给倔强的植物浇灌稀粥让它们饮黄色的茶，植物默默地喝着，感觉只是太阳从一面窗户旋转到了另一面窗户消失了。有一株植物在黑暗里，始终沉默。

我凝视着手背，将指甲壳紧紧攥在手心，坚硬的武器将我的手心硌得生疼……

我迈着迟缓但坚定的步子向她的脖颈靠近，似乎已经闻见她血浆的热度。

从醒来的那时起，莲升的身体就酸痛得动弹不得。身下的被褥被汗水浸得湿透。

从洗手间的镜子看见自己挂满了眼睑的憔悴，失意在心里升起。

信念，即便自己将信念高高挂起，它也不会一直光亮着为自己照耀前行的方向吧。

而同时，他又觉得伤感。自己从未抓住的东西，其实也从未打算真正接近自己。即使是在另一个角色中，即使他认为自己，已经看穿了自我的谎言，却仍旧会恐惧而不敢放弃自我。

回忆以一个地点、一栋房子、一列柱子、一片瓦砾的形式存在。身体在心里，时刻都准备搬进去住。而当人们行走时，脚步声也应会从这个房子搬到下一个。

莲升想起读书时期做的一个梦：在一间封闭的屋子里，他和几个人正准备为某一个仪式布景。他协助某位布景师工作，而事实上只有他一个人清楚，这里的一切都发生过，就像是电影中的蝴蝶效应，自己身处当下的唯一目的，就是改变某个细节，或者是环节，从而改变最终的结果。

几个人分别用颜料（有蓝色、白色和红色）给屋子上好了底妆，好像他该做的只有这些就够了，他并没有办法给予自己任何指导。换句话说，即便他是这些人中身份最特殊的那一个，即便他是唯一看见过结果的人，他也无法为此做什么。

突然，其中一个年纪大的女人用英语说，“We should change some more.”他仔细看她的脸，她的脸就像被打碎重组一样，深深地凹陷着，他看不到她的神情，但却正因如此他才如此不安。

她拿起一把铲子，把电视机上的一层类似水泥墙皮一样的坚硬的纸壳铲了三下，被铲开的位置立刻分别显露出艳丽的蓝白红三色，莲升惊讶地发现，整个布景因她的这个行为才显得完整起来。

紧接着有人进入，貌似活动开始，几个美国人进入房间，莲升与他们贴面问候，得知原来活动是这屋内某人的生日，而自己毫无准备。那一刻他意识到自己很快就要身陷于一场穷尽风浪也看不见波涛的浪河之中。

作为孤独的清醒者，自己无法梦见想要梦见的，也无法真正专注于梦中的经历。

最终，强烈的不安和困扰将他叫醒。他有种不祥的预感，如果不是刚才的梦，自己可能永远也不会想起这个梦，尽管无法判断或描述它们之间的关系，但他仍然相信笛卡尔的缺陷设计假设[①]。梦作为一种感觉经验，总是与复杂的世界保持一致，而这些一致性，总是难免使我们产生一些思想。

也许，如果没有确实认识心性或真实面目，就永远没有其他选择。莲升得到的最重要的认知是：人，永远不能离开他扮演的角色。

马修告知的会面地点在帝国饭店，莲升一直都喜欢它的恢弘壮丽。它的大门一直亮灿灿的，就像是幸运儿的入口。

事实上在很多人眼里莲升一直都应该是幸运的那一个。他加入建筑设计界的当口，正是一个好机会。或许是他和他团队的努力感动了很多人，也或许是因为他对建筑的执着感动了更多投资商。政府将城市唯一的生态景观公园委托给了他和马修，一年之后，甚至将整个CBD区域内的项目几乎完全地委托给莲升。北京、上海大型的商业项目近几十万平方米的建筑设计也常常是他的手笔。而这一切都仿佛是他人生中游刃有余就能做好的那部分，他从未因此过多苦恼，事情总能很快解决。

换句话说，他其实是被引导着专注于他的事业，而这个事业

①笛卡尔推出的哲学理论——即上帝以某种方式创造我们，使我们产生虚假的思想。

并非被他认知认可，而只是他天赋所以自然发生的结果。这像极了他的父亲——一个富有而无趣的人，尽管那个人看起来是那么生动。他的父亲除了喝酒没有任何其他爱好。对感官愉悦不渴望，对精神追求亦不饥渴，在莲升有限的记忆里，他从来不看书，也很少有电影或者其他文化形式令他整夜睡意全无，他有时会一时兴起放起交响乐，但很快就会在椅子上打盹，仿佛他就是为了要来这么一场睡眠。他走过喧闹的街道，即便有事发生——比如出了交通意外，有人被撞，汽笛声轰鸣四围混杂一片，父亲仍旧能保持他的前行方向，他对它们毫无感觉。你会觉得什么都不曾侵入他，对于外界所提供的一切，他毫无需要。

或许人们并不情愿一开始就赋予天才们神奇色彩，只是促成天才们天赋的那部分关键原因很难被常人知觉、需要、接受，甚至人们不愿意正视那些不为人知的东西，他们只愿意接受天才创造的成果，如果没有这些成果，那些故事就是戏谑而愚蠢的玩笑。简单来说，如果天才什么都没有做，那么他们就倒霉了。

于是天才们都很好地收敛自己的真实需要，直到有机可乘。

“这是莲升，ONE HOUSE 的顶尖设计师，”顾琴琴向坐在马修旁边的一男一女介绍，“将会连连高升的大贵人哦。”语罢皆笑。

他在落座的时候偷偷地飞快地瞥了顾琴琴一眼，判断她没有嘲弄自己的意思。与此同时他想到了马修在她面前对自己的吹捧，顿觉异样低落。

“这位是唐人德，我和你讲过的，现在在做城市规划的公关，哈佛高才生呦……叫阿德好了，还有阿德的助理……”

唐人德是个矮壮的小个子老人，从上到下一身白色，活像只兔子。

他的黑发没有一丝灰白，平均地五五分贴在头颅上。白色领带上，一只只鸟头带着怀疑的目光注视他的心脏。阳光炙烤得如迷宫密布的皱纹里，一对动物般明亮的双眼闪烁着精明的光芒。

18 岁之前他一直单恋自己国中的学姐，18 岁生日时和一个樱花妹做爱，30 岁终于成了学姐的外子①，从那之后却只愿意和自己的助理上床。他一直记得夫人的生日，女儿成绩很好，内心却常年苦闷，玩黑 Party②。夜班回家的时候用啤酒瓶扎破路边所有的车胎。他的谎言无懈可击。

莲升看着面前的兔子男，在心里构想着一些画面。

“我最近感觉不太好，我只喝一点威士忌，你们就随意吧。”唐人德显得随意谦和的话音未落。大厅突然响起八音盒的旋律。

莲升心头一紧，坐直了原本靠在椅背上的身体。

“我看过你的项目计划草案。”唐人德自顾自地说，知道有人会回应自己。“你们的创意及想法都很独特，但恕我直言，有一点我不明白……你们何必兜这种圈子，台湾的经济情况你们都

①台湾本地女人将丈夫称为外子。
②台湾年轻人聚毒聚赌的聚会。

清楚，别墅是卖给什么样的人住的啊？他们哪里在乎什么‘空间定制’？ 很尴尬你知道么？这是一些除了钱什么也没有的人，你要他们说想法，他们说不定反过来嫌你没有想法……你们不要嫌弃，我在讲事实，我们是做生意来的，没理由把自己抛入这么尴尬的境地……”

“请问，”马修意外地开口，就像忽然决定帮莲升挡刀剑，倒一威士忌给小个子老人，“唐先生，你结婚了么？”

“我去年刚离婚了。”

“你会带某个女人回家么？”

“……偶尔会……这很自然，男人……”

“你愿意给她们钱吗？”

“当然啦，这是她们应得的，也是我的爱。”

“那你愿意给她们买别墅么？”

“你觉得呢？你会吗？除非你疯了，或者你别墅卖得太好。”

“所以，我能说，你是既买不起，又爱不起的那种人吧？像你这样的人，怎么可能对我们的项目有兴趣？”马修将鸟头领带那杯还没有碰过的威士忌端起来，一饮而尽。

足足有两分钟的沉默。

就在莲升刚刚决心收拾残局的时候，兔子男忽然自顾哈哈大笑，末了，嘴角掠过一抹满足的微笑。

“十多年来，我一直都在帮别人的忙，做别人希望的事，把不安心的感觉变成一种习惯。今天我有种久违的，似曾相识的感觉……马修，你小子有种。不管怎么样我会尽力做好这个 case，避开某些病态的挡箭牌。但……”他用手捋了一下领带，鸟头们显得更加坚毅。

“我只有一个要求。”

“什么？”

“叫我阿德。而且，其实呢，我真的给一个女人买过别墅，只不过她死了。”

回家的路上，莲升绕道去了 Opus One。坐在 Opus One 的吧台，最里面但是最光亮的位置，他觉得这比较像彼时的自己，正暗自操控着旁人无法企及的殊荣。

有幽幽的清香弥散进鼻尖，旁边的位置有人在吃花魁糕。这是童年时光里，祖父家里最常有的味道。

这年头，少见还有年轻人喜爱吃花魁糕。

总难免有人的情感被旧物和旧人绑架吧。他想。

“啊呀……”吃花魁糕的年轻女孩沉闷地叫了一声，接着就捂着嘴巴向洗手间跑去。

大概是吃花魁糕咬到了舌头。

莲升微笑地看着女孩的背影。然后想起，因为上牙床的虎牙，自己小时候也常常会在吃东西的时候咬破舌头，疼得眼泪在眼眶打转，但还是会忍着痛继续把好吃的东西塞进嘴巴里。

Opus One 的老板，就曾无数次向自己表达过对 Costa Russi 的贪恋和所付出的巨大金钱代价。Costa Russi 是意大利佳雅酒庄的三款镇店名酒之一，三款名酒要求严苛，在年份不好时，会干脆停止生产，在1991、1992、1994年就均因采收时遭受暴雨而停产，故深受酒迷追捧。

人啊，只要是自己确认的喜爱的东西，哪怕忍着苦楚，也要下定决心，顽固地去拥有吧。

或者说，那苦楚本身也是无足轻重甚至不被感知的。

爱与信仰最大的价值，就是能让生活显得纯粹一些。

他回想起马修的眼神，他相信马修拥有了某种东西，才会有现在如此的智慧和力量。而自己呢？让自己获得快乐和力量的东西，是什么呢？

突如其来的想法让莲升体内不知怎地涌起一股惊吓，这惊吓仿佛形成一股气流直逼他的心肺，呛得他咳嗽不止。他冲去洗手间，将水龙头拧开到最大，用一捧捧冰水摔在自己的脸上，然后从镜子里看着自己的眼睛，直视着自己的反映。

国中毕业后自己以近乎完美的成绩顺利进入台大的建筑系，从那个时候起他就忘记了自己选择这个行业的初衷。之后在人才沟通会中由于出众的履历和表现被ONE HOUSE相中。在所有人的眼中，他的人生路平坦到不真实。而当他猛然从自己所熟稔的这一切中跳脱出来后，竟全然找不到它们在自己身上留下的痕迹。

之前没有的答案，现在也完全没有着落。

额头上的水滴顺着他的眉宇向下滑落流进他的眼睛，他不由得眨了眨眼。

莲升觉得自己的人生就是如此，他几乎所有的判断、选择，他努力想要成就的一切的却只是迎合外界的刺激。但是，“在这个世界上只有一件事是绝对不能忘记的，如果你忘记其他事情，只有那件事没有忘记，你就不用担心；反之，如果你记得、参与并完成其他事情，却忘记那件事情，那你就等于什么也没有做。这就好像国王派遣你到一个国家去完成一件特殊的工作，你去了，也做了一百件其他的事，但如果没有完成你的任务，就是什么事都没有做。每个人来到世间，都有一件特定的事要完成，那就是他的目的。如果他没有做那件事，就等于什么事都没有做”。

那么，自己来到世间，要做的这件特定的事，应该就是那件事。

那件唯一使自己觉得快乐的事吧。

“你站在舞台上，你站在舞台上。”莲升反反复复告诉自己。

莲升的梦

“命运，为什么总是这么让人难以接受呢？”对面坐着的男人灰白的胡茬堆满了半边脸，“在有个人幸福的时候，为什么总有一个人必须要悲伤呢？”

男人戴着无框金丝眼镜，但那眼镜对他来说过于沉重了，使得他粗短的手指不时得扶一扶。

我一边警觉地看着他，一边打量着周围的布景。

我坐在一张书桌前，不缺天光。右手肘撑着的桌面上，摆着三四部电话。十几摞紫色的文件夹整齐地堆在桌角，每一个文件夹的侧轴上都用写着人名的白色便利贴粘贴着。密密麻麻的人名长长短短地彼此挤压着，拥挤不堪，就像是堆在焚尸间待火化的生鲜人尸。

手边一张医院里常用的便签纸上，上面写着一个人简单的资料介绍：

男，仵愿文。37岁。

症状：性生活无能，早泄。

时长：无间歇二年以上。

这是一间医务室，或者是心理咨询室。我想。

仵愿文，就是正在我的眼前讲话的衰败模样的男人了吧。

房间的屋顶很高，中央有厚重的落地开合式亚麻布帘，紧紧闭合着，将房间分成两个空间。可以隐约看得见在落地布帘的那一边，一盏欧塞洛斯复欧式吊灯微微露出灯罩的一角花边，在顶上发出混沌昏黄的光亮。

那一边，一定是用作进行更加深入治疗的地方。我在心里肯定道。

“你最近感觉怎样？”我问对面的男人。

“开始失眠……”

“说详细点。”

“……和我太太分居之后，就这样了。通常彻夜都睡不着，偶尔睡着了，也会在凌晨三点无缘无故地醒来，醒来的时候，我就会有强烈的恐惧、抵触和惊慌……”

“那么失眠的时候，你都会做些什么？想些什么？”

“躺着，什么也不做……脑子里不停地想各种事，想她，还有那个男人……你知道，总有与某一些人的相处方式，好比你失眠时选择的各种姿势，选择越多你会越难安难堪……”

他的话发掘了我内心的某些东西。但我知道我来不及通过回忆去匹配他们二者的关系。

“睡着的时候，你会经常做梦么？”我问。

问出这句话，我对自己感到有些吃惊，好比我在众目睽睽之下脱下贴身的衣服，却试图期待没有人看见自己这一行为。

“睡着了都会做……”他只是沮丧地回答我的问题，投入在自己的不幸中。

“那都是些什么样的梦？”

“小时候，在梦里我总是能飞得很高……在上空，我能跨越那些我在生活中根本无法描述的自然景象，绮丽的山水、城市……我只要轻轻一跃，就能飞起来。太美妙了。飞翔几乎是我在梦中的超能力，只要是做梦，我就能飞……”

“有人知道么？关于你的这些梦，你对谁说起过么？”

“没有，”他摇头，方才兴起的语气跌回谷底，“没有人问起过我的梦……而且……”

“而且什么？”

“而且，不知道从什么时候，我已经丧失了这个能力了……一开始，只是好像需要借助横杆什么的，才能跃起，也不像以前能飞得那么高了，只能在楼宇间徘徊，很快就失重，重重跌回地面，惊醒。直到现在，我也忘了有多少年了，已经完全不再能飞了……”

大概是因为长时间失眠，他好像患了眼疾，眼压迫到他的视线神经，他看着我的时候努力眯着眼，几乎是闭着眼，也仿佛没看清什么。

“到里面去吧。”我邀请他。规劝自己将刚才的对话归为逻辑心理学上的关联：正是因为自己常常在梦中飞行而造就的当下的桥段——正是我想怀疑其他的真实性的这一点，却恰巧可以十分明显，十分确定地推出我的存在。

掀开半边的布帘，左右两边各有黑色的硬皮躺椅沙发两个，中间的矮圆木桌上有正在醒着葡萄酒的醒酒器和热气腾腾的刚刚烧好的咖啡，以及，一摞崭新的手写便笺纸和一支铅笔。

一切都在我的“想象”之内。

只有一点在想象之外——我本以为也许会有把干净脆亮的匕首，在这里的某处，以某种形态等着我。

“仵先生，你喝点什么？”

“不了，谢谢。”

仵愿文躺下，我坐在他对面的沙发上。有5分钟，没有人开口讲话。

他闭着眼睛，平静地躺着，但眼皮在不安分地跳动，想要发言他的心事。

“你知道的，”我开口道，“不如意是人生的常事及常态，你需要去面对……”

“医生，”他突然睁开眼，身体纹丝没动，“这些话你讲过很多次了，但是经历……你知道么？有时候，我特别期待回到梦的起点，但是半夜起来，一睁眼就看见那边门缝隐约透来的微微的亮光，我就知道，她一直是在和那个男人讲电话……我真是无能，医生。”他双手掩面，用双手压住的细弱声音说，又像是在自言自语：“以前那么难挨的日子都过来了，偏偏现在我什么都有了，却要面对这种事……”

“呃……恕我冒昧，”我拿起一支笔，接着是一张纸，“她是因为你不行，才有外遇的么？”

“不！恰好相反。我之前一直很棒的，我能一晚给她两次高潮。直到那夜，我睡到半夜被噩梦惊醒，然后起夜去洗手间，便顺手拿了她的电话照亮，结果发现屏幕上亮着一条信息——请恕已经不想重复那内容——从那晚之后，我就不行了。我偷偷来治疗，被她发现了，结果她居然以这个要挟我，要我离婚……”

“你不同意，所以分居了？然后你现在想要治好病，来挽救自己的婚姻？”

“是这样的。”

“你爱她？还爱她？”

“以前创业的时候，我们过得特别苦，创业资金那20万还是她骗她家里要来的……其实那段时间，我们真的是好幸福。她是个好女人……”

“仵先生，”我说道，“我认为，梦很重要，需要仔细去聆听。”

“我明白……”

“阳痿这种事，60%都是心理或精神疾病造成。以前你可以飞，其实是因为你给了自己希望。现在你不能飞了，然后也不能做了，其实不是别人逼你，是你自己不给自己希望。”

“你胡说！”他激动起来，坐起身，睁圆了的眼睛因为过分勉强而瞬间变得通红，“小美是爱我的，这就是我全部的希望……”

他的愚蠢让我很恼火，但我决定尽责。我深吸一口气，又重重地吐出。

“我只问你一个问题，你还记得她和你谈论你阳痿这件事的眼神么？”

他盯着地面不远处，大概是因为用力地费脑，他忽然面目通红，有分明的汗珠密密麻麻地紧贴着额头。

我趁热打铁：“你们结婚有多久了？五年？七年？十年？十年？！太久了，人的心情和感情，甚至连梦想，都会变了。”

“你不要说了……”

“那个女人现在在想些什么？等些什么？如果我没有猜错，她现在爱着的男人一定在国外吧，所以她才会守到半夜都要联系他……那个男人一定年轻高大，不仅不会阳痿甚至功夫了得！然后呢，如果你不同意离婚，她可以直接去法院起诉，我这么给你说，你必败无疑！哎呀呀，现在你不同意离婚，而这种分居对她来说太合适了，她不必担心房租的问题，等心爱的人从国外回来，她就可以马上收拾行李搬出去……对了，说不定，她每天都会安慰电话那端的男人：‘亲爱的，你不用吃醋，更别担心有什么意外。这个无能的男人现在根本不行。’……”

“操你妈的……”对面的男人几乎是用跳的方式离开对面的

沙发向我扑过来，猩红的流着眼泪的眼睛里布满了绝望和仇恨。

我一边静静地抵抗，一边观察着应该存在的暗示。

他用手撕扯着我的衣襟，几颗扣子哗啦啦洒落。我低头看去，圆桌上的打印纸被他愤怒的身躯撞散了一地。

意识中的灵光猛然闪动，我知道自己接收到旨意。

我像灵便的警察那样，用脚将他踢倒，用胳膊肘将他压在身下，动作敏捷地将五六张坚硬的纸张叠成一只锋利的三角形“匕首”，反手便插进了他的咽喉……

没有丝毫挣扎，他很快就过去了。我凝视着躺在地上的人，他的手平稳垂放，没有交叉。从第一眼见到这个人开始到现在，他终于拥有难能的平静。

他此刻，正应游走于新的行程。而这一切，是我给他的。如果这个生命在现实中切实存在，这便是他最好的去处。

“有时，仵先生，我们必须做一件事，才能找出它的理由所在。有时我们的行动是疑问，而非答案。”我看着他紧闭的安静的眼睛，说道。

行长夫人的手机

借势著名家装品牌Kessel进驻台北，兔子男唐人德将ONE HOUSE的新项目推向了市场。顾琴琴则走动媒体关系，关于ONE HOUSE提供私人定制的消息一片欣欣向荣。四个大客户接踵而至。马修和莲升顺水推舟地将“功劳”推向了公司高层。

这么做的好处自然是，至少在那之后的两个星期内，老板不会质疑他们做任何事的动机，甚至必定会大为赞赏。莲升觉得很讽刺，但他乐于接受，因为这意味着他有更多的时间和自己相处。

接下来连续几个星期，他都使自己处于高饱和的工作状态中。他努力扮演好自己成为的每一种角色：白天，他是ONE HOUSE的金牌设计师，会见不同客户，拟定客户备案；午夜入梦时分，他则变身为杀人灵魂，行驶自己被托付的责任，以不同性别角色，甚至跨越时空。

时空越分裂，越能感知自己体内能量的变化，他越不能被一成不变的工作满足。不管客户对设计方案有多满意，因他清楚自己灵魂的所需，从没得到预想中的轻松和释放。似乎自己的这些成就，不过是在迎合别人对自己的需要。

而对另外一个人的全部意义，不过是提供一个居住空间的规划建议，他甚至不清楚居住在那个房子里的人的真实生活，或者说，即将居住在那么美妙的一个空间里的人，他们适合生，还是适合死？每每这个念头涌上心头，他都无比低落，恐慌，甚至无所适从。

不过大多数时候，他只是以惊人的淡然接受着自己的变身生活，就像是找到了开启自己另一扇门的钥匙，无论那扇门里的自己是怎样，都不会使他自己吃惊。他意识到了那些个活脱脱的自己，越来越无所畏惧，白日里自己无法企及的能量都在凌晨时分迸发开来。而那些个在梦里出现的将死之灵魂及其之经历，却也使得自己对人性的认知更为完整。

莲升清楚地记得有一次，他与一名异国女子亲昵纠缠，她和他缱绻在海边，仅仅隔着她的那件薄薄的维多利亚的秘密。他与她一起高潮，然后他在那个时候他咬断她的脖颈，大片海水顷刻化作红色汪洋，他被肆意的暴力快感浸透至醒。

醒来之后，他惊讶地发现自己第一次，赤裸而肆意妄为地使用暴力，而没有像以往那样用心感应场景中可能成为的杀人工具，感应冥冥中自己被赋予的旨意。那之后的好几天，莲升的梦里空白，连一节楼梯也没梦见。月亮上升到神话的高度，他在又热又湿的空间里，感受到死亡的阴谋。

他去教堂忏悔祈祷，背诵笛卡尔的词句："现在我看到，睡与醒之间有着显著的区别，因为梦绝不像醒的经验……可以通过记忆与其他一切生活行为连接起来。当我清晰地看到，事物是从什么地方来的，它们在什么地方，什么时间出现在我的面前，而且我能把我对它们的知觉毫无间断地同我生活的其余部分连接起来，那么我就完全可以肯定，我是醒着而不是在梦中知觉到它们。”

是的，如果不领阅自己无法看见、无法想象的那些事情，他的功德就会变成犯罪。

曾经也有过一次，在梦中他无端端陷入事件的后果：自己莫名其妙地成为凶犯，而死去的人正是自己朋友的爷爷，尽管所有其他人都认为那是一个意外。他在对自己动机一无所知的恐慌中愧疚难耐。

接下来他需要处理死者的骨灰，并且得尽快，因为如果手中的骨灰被发现，事情就会败露。面前的一盆花让他忽然就有了主意，他将骨灰揉成一团一团的球状，准备和花盆的土混合在一起。他觉得这个想法高明极了，万无一失。

接着奇怪的事情就发生了：骨灰和土混合在一起后，骨灰那部分的颜色逐渐开始变绿，最后甚至变成了鲜绿色，并且他越揉和，骨灰就越凝固，在土中翻滚着，像一颗颗正义的眼珠戏谑而挑衅地盯着莲升的慌乱。

事情即将败露。他在极度的恐惧中醒来。

解脱的密码就写在浩瀚无际的佛海里，今世今生活在这世上，就得拯救别人拯救自己。

莲升下定决心。

顾琴琴打来电话，中央银行行长夫人要定制别墅。

关于顾琴琴，莲升能够分明感受到她投来的耐人寻味的眼神，那眼神并不闪躲，只是与其说是多情暧昧，不如说是神伤。

她在想些什么呢？

而自己，对她，又在想些什么呢？

在外界喧闹的掩盖下，他投入在自己的情绪之中，想起一句不知从哪儿看来的诗：

黑暗中，我充满爱意地，孤单地望着你的脸，在海边。那时，你是否也记起了我的面庞？

但他的情感戛然而止，被他自己阻止了。“那都毫无意义”，某种不动声色的力量将他牢牢按住。一切过渡得如此自然，就像这几分钟从没有过。

与行长夫人的见面地点是在北投的一家咖啡馆。这栋兴建于上世纪20年代日式房屋所在的花木扶疏的院子极具英国乡间别墅风格，走进屋内才发现其实是日式木结构。据说它原来的主人是个日本摄影师，日治时代结束后台湾收回了这栋建筑，经历过无人居住的萧条惨败，后来一个从事老建筑修复的建筑设计师跟朋友一起获得它的产权，然后把负一楼变成咖啡馆，一楼则是设计师的事务所，处处可见各种室内设计草图。

莲升在服务员的指引下换了拖鞋，顺着木阶下到地下一层。午后的阳光透过拱形窗户映照在马赛克花纹的地板上。行长夫人还没到，他找了靠窗的位置坐下，点了热咖啡。

莲升环顾四围，在墙头支起来的木头格挡摆着老式留声机、老爷车模型等老物件，一楼和负一楼间的隔板做成了透明的玻璃，一楼玻璃之外的天色就无一不渗透进咖啡馆。整个咖啡馆充满时间的灵性，仿佛嗅得到窗外清新的空气。

莲升深深地靠近椅背，闭上眼睛使劲呼吸了一下。在一个被动选择，却意外从中收获愉悦的空间里，或远或近的人们交谈的零散话语也显得动听起来。

脱离了不得不与人的自我一面持续周旋的现实生活，眼下的这种轻松愉悦是可贵的。

行长夫人距离约定时间迟到了将近一个小时，好在莲升并不介意，没有为此事着急或不安。他愿意将这愉悦的独处时间尽量拉长。

她大概 45 岁上下，一身灰色洋装，微卷的葡萄紫短发上扣着一顶驼绒圆边礼帽。

算得上美貌但面色消沉，眼袋浮肿得厉害，甚至有一些不自在。她在莲升对面的位子坐下的时候，简单地道歉，匆匆瞥了莲升一眼就低下眉眼，漫不经心地喝着杯中水，却分外注意着自己的手机来电，说不上几句就要看上一眼手机的屏幕。

她在警觉地抗拒某种关系的拉近，莲升想。

莲升看了一眼那手机，因为它确实太显眼了。这是一个早在十年前就停产的黑白屏的翻盖手机，如今连上了年纪的人都很少有人会用，市场上应该也没可能能买到相关的配件了。可它看起来甚至还很新。

不知为什么莲升想起了顾琴琴手上的蜜蜡手串。

夫人将圆顶帽扣在桌子上，凹陷的眼睛上方凸出的光额头，红艳艳却毫无生气。

她的手机被压在帽子底下。

“既然如此，夫人，”莲升开口道，“你对那栋别墅有什么特别的要求么？”

“没有了。哦不，有一点……”

她顿了一下，继续说道，“实际上，我只希望一推开门，就能看见我的厨房……”

“了解了，还有呢？”

“我不喜欢玻璃制品，除了窗户之外，其他任何地方都不要出现。”

“唔，好的。”莲升将她的话记在本子上，头脑里却无法控制地想象着其他毫不相关的事情：她有着不幸福的婚姻，需要空间躲避，她有不能够透明的糟糕事，就像她不堪面对玻璃的透亮；她的老公对她阳痿，但有别的女人，而对方正是她多年的好姐妹Rose；她在盛夏的台北7月，空气中弥漫燥热气息的永康街的傍晚，遇见了初恋情人，对方刚刚离婚，发际线还没有后移，在15分钟内就能给她高潮……

莲升忽然发现夫人停止说话了很久，胳膊撑在桌面上，双手交叉顶住下巴，而眼神忧郁不安又冷漠地看着帽子下的手机。是的，手机没有响，但透过帽子纤维空间传来持续闪烁的执着的光亮。

她没有要接的意思。

莲升紧紧盯着那闪烁的屏幕，没有打算马上开始继续谈话。他知道自己，对眼前正在发生的另一半他看不见的事情更有兴趣。

夫人突然站起身，拿起帽子和手机。“我要走了。”她说，“我的要求就是这样了。其他的事就拜托你了，预算不变，还是那个数。如果不够就联系安助理。有其他问题请写邮件给我，就这样，再见。”接着她踩着她的RV方跟高跟鞋噔噔地上楼去了。

接下来会发生的事情的可能性，此刻像一粒粒兴奋的细胞撞击着莲升的大脑皮层：她去了一家偏远的小旅馆，经过服务台的时候再次重重地压了压帽檐；302房间的情人已经将一瓶杰克丹尼喝下去了大半，她冲进房间愤怒地给了他一个耳光，而他一把将她绊倒在床上，把驼绒圆边礼帽从脑后方扔了出去，她咒骂着，身体却跌宕起伏地迎合着；她的高潮很快来临，她用指甲紧紧扣住他脊背上的肌肉，泪流满面。她的黑白屏翻盖手机在他们快乐的床脚终于安静，心安理得。

他们尝试了5次分手，这一次当然也没有成功。10天后他甚至被调职去她先生的公司当行政管事，然后有意无意地告诉她行长与女人们之间的新动向……

一种快意的哀伤在莲升心里升起，他知道真相总比幻想更善于表演。但现实里，当自己越是对那一半的事情感兴趣，在现实生活中就只能更加沉默。他无法和任何一个别人去谈论这些，因为无法被证实的东西永远不会令人满意。

她一定记不得我的长相，这风骚的一心投欢的贱女人。莲升看着她的背影想。

是的，事实一定就是自己所有构想中的其中一个，一定是这样的。

只是，唯一的那个真相与自己无缘。

冷风飕飕，寒意直入心肺。已是初春三月，莲升觉得这个春天穿得过于单薄。

有一个事实此刻在莲升的意识中格外清晰，那就是，作为一个设计师，自己是无能去了解自己真正想知道的那部分东西的，更别说能够改变什么。

在现实世界中，不管是他人还是自己，即便揭开面具，也只能看见一张自我的面孔。

一栋别墅，不管由多少个空间构成，大的小的，宽的窄的，都是人们假以用来逃避绝望世界的虚构之地。世界有多可怕，这空间就显得有多珍贵，空间越华丽，绝望亦就越完整。

但无论人们怎么欺瞒自己，也无法通过这些空间企及真正纯净的领域，真正成就谁的幸福，而自己的梦，却因具有看透另外一个空间绝对真相的能力，而引领那个空间的生命到达常人无法企及的幸福。

理智痛恨“永远”这个词，但这个词恰如其分地描述了莲升早在成为一个细胞之前就有的苍白和彷徨。

只是现在，他要在月亮的威严下遍植死亡。他要用佛的慈悲眼光，挥刀。杀。就像留白数页之后，终于迎来丰富的插画。

他背诵圣佛朗西斯的祈祷，祈祷自己将要创造的更好的希望：

让我变成祥和的工具
在仇恨的地方播下爱
在伤痛的地方播下宽恕
在怀疑的地方播下信心
在失望的地方播下希望
在黑暗的地方播下光明
在悲伤的地方播下喜悦
……
让我安慰他人
而不求被安慰
让我了解他人
而不求被了解
让我爱他人
而不求被人爱
我们因付出而领受
我们因宽恕而获得宽恕
我们因死亡而获得永生

疯子不朽

某天傍晚时分，莲升准备独自去 Opus One 坐一会儿。

手机传来简讯，是顾琴琴约莲升去 Opus One 喝酒。发来的短消息的结尾特意写了“不见不散”。莲升通过这四个字燃起了一种欲望，是令他自己不能理解的新的欲望，一种被占有的快感。

他脱下了本来随意套上出门的青色棉布衬衫，并不是那件衬衣有何不好，而是他觉得自己必须要通过换一件衣服的方式，来迎合自己的心情及要做的事情。

他忽然意识到，这就是喜欢一个人的本能表现。这一次，没有什么想法跳出来压制他。

他站在衣柜前打量自己，头一次有了不知选择什么衣服的难处。他从衣柜里挑选了三种风格迥异的领结，反复地比较后选择了印有蓝帆船图案的丝绸款，而不是自己经常戴的黑色棉布款。同理。

他意识到自己在有意进行一些特别的选择，至少不同于平日。他很清楚为什么会这样，因此觉得羞愧和紧张。

中意的女人都是特别的，人们难免不为此做些什么。只是在大多数日子里，被选择的还是青色棉布衬衫和黑色棉布领结。

远远看见莲升，顾琴琴笑着向他招手。

妆色浓重的几个女人分别用同样浓重的分别拥抱来欢迎莲升，她们的眼神完全不遮掩对莲升与顾琴琴的关系的所有猜想。

坐下之后顾琴琴紧挨着他，借着碰杯的时机更加亲密地靠近。莲升很快感受到她大腿传来的潮气和明显很放肆的暧昧，他默许了自己的欲望没有挪开。人声与酒气都过分浓郁，但莲升觉得此时的自己被附上了一层神秘的光泽，不为人知。身体的热度是他熟悉的，而情感是新鲜的。

莲升脑海中忽然闪过另一个不知名的场景：被夕阳的浸满光晕的一个三角阁楼里，顾琴琴领着自己到一扇窗前，从窗口他可以看见一片美好的土地。那里蕴藏着他从没见过的美丽，他站在那儿，高兴，惊讶，无措。然后，顾琴琴和他自己都忽然消失了，留下一个从45度角望出去的固定玻璃的窗框。

他不确定自己是不是喝多了，于是起身去洗手间打算用冷水敷下脸。

“贱货一个。”

“怎么了，那骚货勾引你老公了？”

莲升停在洗手间门口，尖硬的谈话传进耳里，那一瞬间他确信自己是清醒的。

“每个月末查我老公的电话，就她的号码就排了一个长排，他妈的骚货，我就不信什么工作的事要讲那么多，有什么话一个电话讲不完……”

“这种贱人就是天生的，什么狗屁总监，不都是和男人上床得来的。”

“哈哈对了对了，今天这个叫什么升的男人是做什么的，也是那个贱货的人吧？”

“不管是不是她的男人，总之有一腿是一定啦，这一点你安啦……你没见那骚货刚才的样子，整个人都要贴近人家的怀里了，啧啧啧真是不要脸。”

“听说这个男的是马修公司的，挺有名气的设计师。”

“有名气？有名气的话那个骚货在床上不就得更哈了。”

“哈哈哈哈哈没错……对了，一会儿去老地方打牌，Jessica上次带去的那个帅哥也去哦。”

“不行啦，我约了马修。”

“你小心你老公捉奸在床，你忘了上次在马蒂打牌的时候他当面问过我啦。”

“不用理了啦。他就是嘴贱，才无心睬我的事啦。我老公也烦他。”

莲升体内升起莫名的罪恶感像是手淫后的失意，眼下所有热闹的气氛反而全部变成了促就那失意的催化剂。

血液冲上大脑，他径直返回座位，将顾琴琴拉起来，“走吧。”

“怎么了？”

“我们不是说好要谈新石家的草图，另外你这种女人，也不能给在座各位应付自己先生的外遇问题提供什么方法，多少显得有些多余，我们还是走吧。”

话音未落满座皆醒，气氛骤然变冷。有夫人失手将酒杯碰翻在桌面，倒也没有多么丢尽颜面，原本没有人醉。顾琴琴不再说话，任凭莲升整理自己的外套和手包。

转身离开的同时，莲升知道，顾琴琴也清楚，他们留下不堪的猜忌和肮脏的诅咒在身后。

计程车上，两人都没有发一言，各自望向左右两边的窗户。

莲升一直在想一个问题，自己如何在不付出任何代价的情况下交谈，又如何在不提及自己想法的情况下去检验。

他对司机报了自家的地址，顾琴琴没有拒绝也没有任何回应。莲升的鼻息间还残存着方才热闹的氛围，此刻顾琴琴却清醒地像是另外一个人。

“你还没来的时候，waiter 介绍给我酒，三种葡萄酿的酒。像个怪物。”她忽然开口。

“什么酒？”

“costa maria，歌海娜、添帕尼尤、博巴一起酿的西班牙的酒，说是口感很复杂。”

“那是得尝尝。”

“那是自然。大家不都对复杂的东西有兴趣么？既然都说那么‘复杂’了怎么能错过呢？不管是好的还是坏的，便宜的还是贵的，事实怎么样没人在乎，或者说，不管是怎么样都没有人会相信那是真的。”

莲升看着眼前的顾琴琴，觉察到奇怪的陌生感，作为女人她从未让他觉得软弱或伤感，面对质疑的回应也只有充满抗拒的冰冷。世界被她的坚硬弹开，然后回复她以粉碎性的报复。

她是理想的现实主义者，莲升想，她比任何人都清醒，坚韧地生活着，即便是在喝多了、受伤了、万分痛苦的时候，也会私自地检查自己的感受然后强迫自己全然接受。

所以她的痛苦，原比莲升以为的，要放大很多倍吧。

顾琴琴倒在莲升家经久被忽略的单人沙发里，一言不发，轻微地喘息着。她躺着的姿势散发着信任的气息。莲升远远在一旁看着，眼前的一切在他看来都是真实而珍贵的。且明早起来都不复存在，回归到“正派充满希望”的现实中去。

“我想喝酒。”她开口，充满依赖。

“好，我有一瓶梅洛，我去拿。”

“总觉得，有些我自己都不愿意再从头想一遍的事，想要说给你听。”顾琴琴没有急于接过莲升递过来的酒杯，坐起身。

她看着莲升的眼神极为纯粹，这是她自己不能理解的。

她告诉他自己第一个爱过的人，使她如今皮肤里都渗着他的味道；她第一个献身的男人，因为初夜没有落红而耿耿于怀最终离开了她；后来她用身体抚慰过太多期许欲望或者灵魂的人，老的，年轻的，粗暴的，受伤的，她下定决心要和一个人结婚的时候才知道自己做了三年的二奶；后来她终于嫁人了，她想起婚礼中，那只在长椅上翩翩起舞的蝴蝶。看到了那个好兆头，本以为自己永远不会离婚的，他们也曾经发誓要永远相伴，不管生活中会有怎样的遭遇，尽管日日戴着刻着字的金戒指和定情信物蜜蜡手串，婚还是在另一个女人出现后果断地离了。

每一场回忆都是有理有据的，它们最终成就了她。

“我也遇见过一个爱我的人，那时候我刚刚和男友分手，身无分文无处可去。我在酒吧喝多了，一个酒保带我回家，然后我就借了他的床，整天浑浑噩噩……其实他对我还真是蛮好的，常常带我去吃好的。只是有一天半夜他睡着了，我却睡不着，我在想我为什么会在这张床上？难道只是为了可以睡觉？那天半夜我就离开了……

“其实只有我自己清楚，他的家里有一个小型的煤气炉，我常常不敢与它直视。只要一打开它，一切就都可以了断了。这太诱人了，这也是我从他家里逃开的一个原因。直到现在，我想我都没有完全恢复，并不是对某个男人，而是我看生活的眼光，我对生活完全没有期待，大多数人的生活都让我泄气。但至少现在我能明白了，看着别人这样我应该欣慰，一些人过得开心，一些过得不开心，这就是人与人之间的唯一区别。如果他们都像我期待的那样，我才应该自杀。我最厌恶的事情很可能恰好抚慰了我……”

她趴在莲升的床上，渐长的黑发在青绿色外套前面蜿蜒流淌，淡淡的黄褐色睫毛紧紧贴着下眼睑。

她动也不动，就那么一直说着。直到鼻腔内发出抗拒空气的微微鼾声。

莲升低头望着她的脸，现实世界的月光通过半开的窗户倾泻而入，洒在顾琴琴早已酣然入睡的身躯上。

此刻的莲升清楚，他将因为知道得越多，而越失去勇气。

没有被定制过的感情即便仍旧可以归为爱，也是空洞的。他低下身吻了她的头发。

但终究没有，也不敢僭越。

清晨7点，布谷鸟钟门爆开，里面的木头迷你小鸟弹了出来。狂乱地尖叫了一番。

莲升被直射在双眼的煦日刺醒。窗帘大开着。

莲升试着唤她，没人答应。顾琴琴走了，只剩自己一个人，空气是冷的。

他仿佛能看得到一个场景：

顾琴琴站在床头，看着熟睡中的莲升。应该有那么三五分钟吧，内心处处酸楚，但是没有办法流泪，因为没有流泪的理由。

一切都顺着他的意想在发生。他窥得见自己的心：与其说是不确定自己的情感，还不如说，他正在如此悉心地、偷偷地维护着来自一个女人对自己的倾慕、疯狂和不甘心，而他们一旦上了床，这些就都会不复存在。

爱情就像高热量低脂肪的葡萄酒，它会快速给你盛大浓烈的能量，但不会转化成饱和性脂肪与你贴身相随。

如果心被专注的绳子从各方面牢牢绑住，那么一切恐惧就会消失，完全的快乐就会来临吧。

但对于莲升来说，那绳子显得过于苍白无力了。生命被造成黑暗狭小的笼子，却又被当作人们的全部。但正由于人们无法挣脱自己，才无法触碰到真实的那一面。

日头高了又高，上午的时间过去一半。

但应该是哪里出了问题，有件事情，或者有种感觉强烈地提醒他，让他心慌不已。但直到这种感觉开始慢慢消退，他也没有想清楚。在这期间他一直想着顾琴琴，然后他确定和她无关。

他心不在焉地做着一些事，将要洗的衣服塞进洗衣机，整理了最近要打电话的名片，又泡了一壶茶。然后他拿起电话给马修打电话，他的眼睛跟着每一次拨号旋转，又费力地转回来。

一个突然的念头让他从床上跳了起来，浑身的血液转化成电流麻痹了他此刻全部的意识：

昨晚，他什么也没有梦见！

如果说刚刚自己还在为一个女人一种情感怅然若失，那么现在自己发现的状况，却足可以让自己全线崩塌。

这是莲升从来没有想过的。

阳光正面打在他的身躯上，但没有反照，因为他此刻大汗淋漓的潮湿皮肤吸收了那黄光，未反射出一丝光亮或者发出任何微弱的反光。

他不知道顾琴琴和这种现象之间有什么关系？他不确定自己是被耍弄了？或这是对自己所犯的某个错误的警告？还是一切就这么结束了？

他极力在脑中去搜索昨晚的细节，试图去发现一些特别的暗示或警告一类的东西。但毫无头绪。渐渐冷下来的汗渍在他身体上长出大片的凉意，最终凝结成一股纯粹的绝望。

这时他的脑海里只在想一件事，就是顾琴琴离开时的背景，她是否留下了些什么？因为那将有可能会是她留下来唯一的东西。只此一次，再无将来。

他从来就有这样的能力，提前向自己必将失去的东西告别。

他的路，她的路，都渐渐远去，像来时一样。屈服于命运，幸福的生活终究不是像一开始所想的那样，或者说在它被挥霍之后，人们必须接受它新的面目。

当然信仰驱使我们有所保留并克制自己。

莲升告诉自己，如果说所谓人生需要选择，可能也莫过于这种时刻了吧，虽然甚至她也许不需要他的解释，他还是得如此对自己交代。

他破天荒地想要吸一支烟。他找遍了整个房间，在餐厅大理石桌面的格挡上，发现了马修留下来的一包长寿烟。

他试图点燃香烟。但是火柴显然因为长期受潮，每一根都湮灭在差一点就燃起的微火下。

他机械性地重复这一行为，直到终于点燃了香烟。但他只是时不时地将香烟送到唇间吸上一口。烟灰湮灭，散漫地在地上摊开。莲升深深地闭上眼睛，顾琴琴卧在床上的身影像烟花一般在心间绽放，最终化为灰烬消失不见。

倘若你真的看到了被纪念者的不朽，那是因为那些各自为战的疯子的不朽。他告诉自己。

更完美的鸟笼

因为新项目的炒作，ONE HOUSE 逐渐接到了越来越多的高端品牌的销售合作邀请。马修也打通政府关系，甚至将迪拜棋盘酒店的项目拿到手。城市里，越来越多的建筑形式被 ONE HOUSE 书写和改变。

但莲升并不快乐。或者说他第一次意识到他工作上的成就并不能让他觉得快乐。

他想起贝聿铭[①]说过，“建筑是形式、空间、光线和运动。就是这么简单。还有细节。不过跟这些要素相比，更重要的就是你要在哪个地方进行建造”。

莲升觉得，比起马修心中的梦想——为人提供颠覆性定制空间，他最在意的，其实是作为建筑设计师的自己最不能掌握的东西：为什么要在这里而不是那里，建起一栋别墅？即便人们按照自己的意愿建造了自己的房子，他们也未必会懂得建造自己的幸福。简单来讲，人们是否真的有能力将自己的生活和自己的幸福

①著名建筑大师。

嫁接起来?

“人类可以在任何地方任何东西里居住。他们能随时随地迎接欢喜，也能随时随地感受痛苦。因此我越来越觉得建筑貌似无可用之处，当然，这令人获得解放，同时又令人担忧。”[①]。

问题永远都出在一个人身上，而绝对不会是一间房子。如果人们期待完美、宽敞的空间能够带来充分的自由，那就好比鸟儿在寻找一个更完美的鸟笼。

人人都活得像语无伦次的怪胎，莲升想。

他对自己工作渐渐地更加忌惮起来，并以更多的沉默来回应自己的感受。

这很快引起了马修的注意，马修直觉这一切与顾琴琴相关。

男女之间的暧昧情愫就像是变魔术，你变出刚刚变消失的餐具，凭空甩出一条丝绸围巾，痒痒的气味连四围的人都闻得见。正因如此，当把戏结束，自然也不会只有你一个人察觉知晓。

魔术的魅力就在于它的幸福危险指数，越精彩越虚假。

马修再也没从顾琴琴眼中看见过她初见莲升时闪烁的光，她甚至摘取了那串蜜蜡。将一直与莲升合作的项目转给了她的助理Laura。马修不知道她和莲升之间发生的事，但他本意是想让这戏法成为一桩恒久的生意的，他不能坐视不管。

①语出库哈斯。库哈斯，全名雷姆·库哈斯，荷兰建筑师。早年曾做过记者和电影剧本的撰稿人。

顾琴琴之后打来的电话中，谈及了与 ONE HOUSE 共同进驻上海市场的新构想，谈及了迪拜项目的媒体轰动效应，谈及它的后续发展，谈及即将到来的政治阴谋，几乎谈及了所有的事情，话语间只单避开了“莲升”二字。

交往数年，马修懂得，女人的心思就像长在暗处的皱纹，容易掩饰，却往往伤了自己。

他安排了三个人在 Opus One 见面，然后临时抽身离开。留下了两人。

许久没见，Opus One 重新装饰过。老板在墙上加上了各式鲜艳的色彩和图纹组合，在屋内的每根柱子上都镶上了一面小镜子。空间的确宽厚很多，但是丢失了稳重和内敛。

“这很蠢，不是么？”顾琴琴先开口。

“是的。”

“马修是故意的，他很蠢，不是么？”两人相视大笑。

年纪沉稳的女人就是有这样的好处，她暗自收拾自己的情绪，既不会让它们伤着自己太久，更绝不会示人。莲升没有过多假想或者难堪。他甚至没有强迫自己这样做，在这样的时刻，尽管也许二人各怀叵测，但笑声同样关于记忆。

“你知道么？在我身上又发生了新鲜事。”她自顾说，“前几天，我和一群人吃饭，桌上大多数人我不认得。我只是朋友的朋友。大概有一个小时，我都在无聊地玩手机里的游戏。然后突然有一个男人在我的耳边说话，我甚至不知道他什么时候坐在我身边的。”

“他说什么？”

“他说他有很大的房子，他找他中意的女人很久了，而他相信我就是那个存在。他马上就能给我他所有的一切，我觉得他甚至要哭了……”

“然后呢？”

“老答案呗，告诉他‘蕾丝边’[①]。”

“哈哈，真有你的。”

顾琴琴喝下一整杯酒，冰块呛得她咳嗽了好久，“谁知道，反正我就这么说了，反正我也不需要对自己说的话负责。”

“那男人说什么？”

“男人立刻说他不信，他说我看起来不像。我一再坚持之后，他似乎信了，但他说，‘总之我还是会坚持做我要做的事。’那一瞬间我真的有点感动了。他看上去比之前那个男人更要诚恳。”

“结果是什么？你们相爱？”莲升听见自己吞咽口水的声音。

“和上次那个男人一样，他再未联系我，大概不会去是死了吧？”

莲升注意到她的长发处处打结，显然有几日没有被仔细打理过了。

“那又怎么样，在我看来，你们都存在过，当下至少有一刻非同寻常过。”

① lesbian，女同性恋。

莲升不喜欢自己的回应，他觉得自己无力而虚伪，但他不知道该如何表达自己，甚至他不清楚自己的感受。无论如何在任何人眼里自己正在依附的一定是一件荒谬而可怕的事情。与其说莲升没有倾诉的勇气，不如说，他想守护好这秘密，他的思想拒绝所有解释。

也正是通过自己的拒绝，莲升惊讶地发现原来所谓能与亲密的人分享的东西，都是自己潜意识中一味迎合对方价值观需要的东西。

一旦那些东西破碎，这其中所有的关系就都断裂了。

顾琴琴……莲升自己也无法清晰衡量她对自己的意义。一直以来，自己对食物的单一守旧，对事物的人性放纵，只不过因为他不清楚自己的需要，或者只不过刚好它们都因机缘与自己相遇，包括自己的经历过的爱情与婚姻。

一直以来，他一直为自己找原因，沉迷于回忆快乐和痛苦，沉迷于某人的行为和字句。但是现在，他感受到心灵第一次获得完全的平静，没有符号，没有依赖。

作为一个男人，他清楚自己对顾琴琴充满了情欲，但这情欲并没有大到使他可以看清它的力量。最重要的是，如果对方也是爱自己的，那么可以享有这种爱多久，取决于自己用什么样的形式拥抱她。

莲升端起酒杯，抿了一口，笑着说：

“其实，我也有故事要讲给你听——从前，在罗蕾莱礁石上坐着一个名叫罗蕾莱的女人，她用一把金色的木梳梳理着她的金色长发，过往莱茵河的船员被她美妙的歌声所吸引，因为没有注意到危险的湍流和险峻的礁石，而不幸与船只一起沉入河底。”

“哀伤的终结总是与热情的强度相关，不是么？哪怕是以沉默的方式。我不会犯那样的错误。”

“错误？”

“错的从来都不是罗蕾莱。而是那些放弃自己的人。”

这个故事擦过莲升脑海的时候，莲升及时地一把拉住了，他迫不及待地利用它。

莲升看着眼前的顾琴琴，有那么一瞬间，他真的觉得她像极了罗蕾莱，明媚，灿烂，遥远，自己去触及这样的人的后果，只会有两个——第一，她成为自己的爱人，以永恒的身份参与自己所有的未来；第二，拥有她，再失去她，留给她或者自己，一段段破碎的符号和时间。

两种结果，都会使得莲升弄丢自己心灵上的平静。

而那个像极了顾琴琴的记忆中的某个人，原来就是自己吧。

她的孤独，和自己的孤独，如此想象，假如自己从一个空房间里走出来，换顾琴琴走进去，空气中所流通的气息应该都不会发生变化。

但是，孤独一旦被复制，便被破坏成为一种伙伴关系。那么孤独也便不会再是孤独，人也会丢失了自己。

他将顾琴琴送到计程车上，步行回家。已是21点，路过凤梨酥店，店面仍旧人进人出。只是老板娘似乎心情不好，坐在一排靠墙的位置，时而低着头拨弄自己的手指发着呆，时而看一眼墙上的挂钟，忧郁的眼神写满了等待与混沌。

与平时莲升所熟知的安静样貌完全不同。

莲升要了一份红茶，坐在她对面的桌上，观察着她，他判断她的不安不会是来源于金钱或财产状况。

因为钱的问题常常使人陷入绝望，但只要还有爱，人就不会混沌无光。

莲升抑制不住地想那些问题：她老公出轨了？她的情人突然消失？或者她在夕阳西下的某个傍晚，看见一张熟悉的面孔，过去的时光忽然转身迎面而来：她回想起他曾经送她的玫瑰花，在美丽华摩天轮告白的誓言。自那晚起，她便不由自主紧紧依偎着那些回忆不愿撒手，旧日的情感化身为新生的咆哮和哀号。

或者，在酒店的房间，她和小自己 7 岁的情人刚刚温存结束，男人将头深深埋进她的胸口，她抚摸着他的背，观察着他对自己的依赖，觉得自己的爱像木偶线一样拴着他。紧接着情人去盥洗间淋浴，她接了他正在响的电话，温柔而年轻的女声在电话那头唤了声宝贝。她即刻跌入万丈深渊。

她在等待什么呢？一定有那么一个人存在的吧？她等待的是一件事情的开始还是一件事情的结束呢？

他的思维重重地敲打着他的神经，他耐心聆听着自己的弦外之音。

一个小时过去了，不断有人进来喝茶，也有人埋单离开。

两个小时过去了，三个小时过去了。他眼前的人和景物渐渐变成一个模糊的印象。

人们身处于拥挤的人群，尽管如此，却好像是在一幅画上活动。如果站在舞台上却不是演员，就等于死于时间之前。

在服务员走过来问他要不要加水的时候，他埋单离开了，甚至也没有再看老板娘一眼。

自始至终，人在这个狭小的世界上，想要获得这些那些的新的认知，就像仓鼠在轮子里不停地跑不停地追一样。

什么也不会得到。

莲升想起来小的时候，祖母给自己讲的一个故事：在一个小城镇上，每个人背上都有一个光圈，但只有自己和自己的家人能看得见，外人看不见，大多数时候，人们也不会欢迎别人进来。可一旦你爱上了别人，或者误闯进了别人的光圈，就再也看不见光圈外面的世界。

接下来的一周内，ONE HOUSE 的设计作品在亚洲最大的奢侈品博览会上出尽了风头，行长夫人亲自带来 ONE HOUSE logo 的别墅形蛋糕和意大利著名采购总监的订单，在镁光灯闪烁中将两件礼物放在老板 Boggy 的手上。

Boggy 的脸花团锦簇，像鲜花插满枝头的樱桃树。

之后的两个星期内，莲升跟着马修参加了 5 个大型酒会以及展会。不论行长夫人故事的真相是什么，他为她设计的那间别墅却毫无疑问地让 ONE HOUSE 和莲升走得更远。

莲升清楚，这就是生活真实的样子。在乎一个陌生人是否幸福怎么看都是一种可笑的行为，他越是真实地在乎这一点就越要隐匿。况且，不管怎样他都肯定，有关行长夫人的真相不可能会比自己曾为她定制的那些更为精彩。

他还是不可避免地想起他的父亲。想象着父亲对待陌生人的刻意或疏远，是否多少因着其不愿透彻但已经知晓的那部分内容，而管家伊夫正是处于这两者之间才会如此被父亲喜爱，他的疏远总是正好说明他的靠近。

“政府的人对我们的新政策很满意。”马修一边大嚼着火腿，一边将火腿放在莲升的盘子里。“这里的熏火腿曾经两次上过 *Casaviva* 杂志的广告。”

“听说，政府的支持很大……*Casaviva* 难道不是家居杂志啊？”

马修一边对着迎面而来的不同笑容致意，一边切火腿，“当然，他们不管是开着凯迪拉克还是奔驰宝马，我们都会帮他们付一半的钱……还有，谁说火腿不可以上家居杂志的广告？谁说葡萄酒必须按瓶付钱？这是什么年代？”

“什么年代？”

“想怎样？别扫兴好么？那不重要，我不管那个广告是什么，是牛腿肉或是鸭肠都和我们无关，不对吗？”

“有关。”莲升在心里告诉自己，但没有说出口。不仅有关，还和莲升曾经以为的，马修的梦想，自己的生活，息息相关。

马修喋喋不休地继续与莲升交谈着，但莲升的思维停止了。

两个人的对话首次产生了停顿，莲升知道是那种无论通过吞咽口水或喝下多少杯酒也无法解围的停顿。

虽然所有人都相信，马修是凭借真实的梦想与能力盈获所有的成就，可是，当人们无法按照自己的意志办事，甚至没有意识到自己失去了意志时，每次能够交出漂亮的作业又能有什么作用呢？

随着时间的流逝，莲升意识到，这次对话并不是一次愚蠢的谈话，这种为了一个结果而谈论初衷的对话，逐渐成为自己与莲升谈话类型中的一种典型，其特点变得越来越突出，从某种角度看，越来越有渗透性，对莲升来说，这些谈话最终变得无聊，让他厌倦。

如果说一开始，是马修为莲升的生活耕种了某种符号，那么也同样是马修，亲自篡改了它的模样。这让莲升难以分辨，甚至不再能够把握。对莲升而言，这与自己离婚时的感受是相同的——你习以为常的信任的习惯突然从你眼前倏地一下消失了，然后没任何人对这件事宣告负责。

但假如某一天，莲升设想，和马修谈论起生命的意义，马修的答案自己还是猜得到的。而莲升的呢？

马修永远没有可能知道了。

莲升有种感觉，自己正在死去，现实生活变成了黑暗的图景，显露着虚伪的欣欣向荣。他越来越频繁地想起自己的父亲，自己与那个人是相像的，内心永远都骚动着常人难以理解的需求，在世人看来，这往往容易陷入尘土的黑暗中。但却正是如此，他才有资格说，是我们使我们成了现在的自己，而不是这世界，这时代。

真正拉开的大幕

莲升的梦

当我察觉到自己的意识的时候，我正身处一个马棚里，手里拿着一只单反相机。耳边不时传来公马发出的尖锐狂躁的吼叫声、男人们粗糙的骂咧声。

我抬眼观望四围，四围视野短而窄，是极其原始的村落。屋子用大片的草垛严实地围护着。不远处有铁路及隐约可见的河岸，稀少的粮田和树木。远处，河的那边，是起伏的山峦。一片云影掠过粮田，透过树林，我看到了河流。

有风经过时，便清晰地嗅得见青草的露水和新鲜粪便混合在一起的味道。

我粗略地翻看相册，数百张影像，风景美眷兼收其中。

我微微颤动。还在很小的时候，就在父母的房间看见过父亲拍摄的照片，看见过妈妈曾经在一片田草间，迎着阳光凝眉微笑望着镜头的脸。她的红唇异常灿烂，装点起身后纯然的天地。

另外一张，是妈妈的侧面照。Mossant 的法式羊毛帽几乎盖住了她的整张侧脸，她白皙纤细的手腕扶着帽檐的卷边，我依稀看见她下巴的精致轮廓。那轮廓揭示着我所未知的她最耀眼的时代。

父亲给予母亲的日子应该是快乐的。

而此时此刻，我是一个摄影师吧。我想。

我即将通过波光粼粼的现实的折射，营造出非凡的理想。

很快我发现，一个小镇扮相的女人正从河岸那边向我走来——她头上戴着一顶银丝织物的小绒帽，难掩的土气。在她靠近我，距离我不到半米的时候，我便能清楚地看见她的脸了。阳光使我蹙眉，我隐约看见她充满善意地对我笑着。就在那时我发现她竟美艳过人，盖住了身后整片的藕粉色的天。

然后她越过我，向我身后的马槽走去。

心上一阵悸动之后，我的情绪瞬间缩小到一个点上。我决定从我目前所知的着手。

我开始给她拍照，用影像记录我所看得到的她的身姿与样貌。我的机器就是我的眼睛。但我目光所及之处已在相片之外。

我似乎不能离得太近。或者说当我用本我的一面观察她的时候，我并不愿意离得太近。她一边将袖子高高挽起，一边走进马圈，她的整个身体都完全地躬了下去，时不时拉过缰绳，温柔地轻吻马的眼睛，或者用右手背擦一下额头和鼻尖沁出的细微汗珠。她展现着一个女性能拥有的所有美丽。

我看得惊呆了，欲望在体内澎湃。

我想要她。

这个念头涌上心头的时候我的身体毫无廉耻地兴奋起来。这兴奋来自于我所确定的两方面：一、她不会拒绝我，二、我们之间无需信赖，并没有依赖。

当然我的自信来源于我的直觉，及我对这梦境的信赖。

“你是这儿的主人？”我走上前搭讪。

“是它们的。”她没有看我一眼，但很快回答我，对我的发问毫不意外。

“你是马场主人的女儿？”

“嫁过来的，从很远的地方。”

“为什么？”

“因为我爸爸被迫在合同上签字。我嫁过来是唯一的条件。”

“你父亲生意失败了？欠了他们很多钱？”

“不，他很有钱。”

“我不明白了。”

“因为他们用了我爸爸无法拒绝的方式——用枪抵着他的头。”她这时看了我一眼，笑了，但并不是苦楚和无奈的笑。“不过，你知道的，法律对有些事是无效的，他们常用最合理又最有效的方式去解决问题。”

她抚摸着一匹黑色公马的油滑的脊背，然后将它的缰绳解开，套在手上将马拉近自己的怀里。她在它的耳边发出轻声的命令：“去吧。”黑马前蹄跃起，发出低沉、愉快的嘶鸣，向河岸的方向奔去。

“就好比，在这个村落里，男人可以同时占有两个以上的女人，而妻子如果被发现与人通奸，将会被处死，处死之前，还可以被村里任意一个男人玩弄……那匹黑马叫阿福，是我最爱的黑马，家里漂亮的小母马有好多，但他就爱别家那只毛发奇怪的柏布马。真搞不明白，但爱情不就这么回事么……我来的时候就常常放阿福去约会，我丈夫就不会这样，他只允许自己去搞不同的女人……”

我冲上前去，将她搂在怀里，用干渴的冒着热气的吻塞住了她的唇齿。

女人发间的葵花香气瞬间塞满了我的鼻腔。她没有半分拒绝的意思，和我想得一样。

她一边亲吻我一边身体前倾，紧贴着我勃起的兄弟。我睁着眼睛观看她，天哪，她真年轻。

她更加热烈地迎合我，猛烈的吻将我步步逼退。我撕扯着她的藕色棉袄，舔舐她白嫩而有热度的锁骨。她温柔的舌尖抵着我的命脉，使我全身的血液都凝固住，差点让我的心脏停止运转。

“啊。啊。别停。”她愉快地叫着。

她到达了高潮，整个人软绵绵贴在我的身上，下体还冒着热火。

“你真美。”快感使我由衷地对她赞叹。

阿福这时在不远处传来短暂的有力的嘶吼。

“再来一次吧。”她不由分说伏下身子，将脸凑向我的两腿之间。

不会吧？这样下去会不会有意外发生？我的念头刚刚一转，我下面的东西就已经再次膨胀，变得比刚才更加雄壮。

她温柔地对待它，我感到一股热气不管不顾地朝我头顶扑来。她的动作如此一丝不苟，我完全陷入她舌头的缠绕之中。

“啊啊。”她将我推上云头，我听见自己终于忍耐不住发出叫喊声。

几乎是在同一秒钟，一股猛烈的不祥的预感乍现。

一个熟悉的疑问在敲打我：该会是什么呢？

那凶器该是什么呢？

我睁开一直紧闭的双眼，向阿福的方向望去。

我惊呆了，刚刚还无影踪的四下忽然挤满了无数双窥探的眼睛，无论是女人们饥渴嫉恨的观望，还是男人们愤怒复杂的打量，就像不同水果一同塞进榨汁机后挤压出的同一种浓厚力量的液体，即将要把在他们面前的草垛中央上通奸的这对男女生吞活剥下去。

我对眼前突发的这一情况有些不知所措，但很快我镇定下来，这是我的梦，我的任务，我需要做的是用某种方式，杀了她！我不必为眼前这荒谬可笑的无人区的野蛮规则负责任，耗费一点心机。

我需要冷静，对，我只要冷静，静待时机。我在心里告诉自己。

然而，就在我准备帮助此刻趴在我身躯下的弱小身体的时候，我看见了一张使当下的我毛骨悚然的面孔：她的脸上挂着嘲弄的笑。

是的，她直视着我的眼睛，用一种脱离我认知的胜利般的狞笑，仿佛她正痛快淋漓地撕下一张面具。

我环视四周，彼时还弥散在空气里人群的愤怒的焦灼味，就像是戏剧舞台上的烟雾机制造出的白色障目，它们随着真正大幕的拉开很快消失殆尽。

莲升的耳边仿佛响起演员谢幕时观众发出的雷鸣般掌声。

“莲升。”她说道，当她说出我名字的那一刹那，我全部的意识都瘫痪，失去了所有的勇气。

“这的确是你的梦境，可惜你今天没有杀得了我，你太好奇了，本来你应该是不会喜欢我的。当你太放任自己，而且，也太信任自己。一切都是骗局，你根本不懂自己要做什么，你这个虚伪无能的骗子……这一切是你自己精心打造的……现在，你该醒了。Bingo!”她打了个响指。

被锁住的方向

莲升在脚部痉挛剧痛中醒来，被褥和床单被汗水浸透了。

他摸了摸嘴唇和下巴，他总觉得自己因为吃惊而没有闭上上下分开的下颚，但它们都没问题。

然后他紧紧咬住牙关，真切地感受到了他紧闭的颌骨和靠近颈部的那块痉挛的肌肉。在所有这些感觉之中他只觉得自己很安静，一种包含了寒冷、恐慌、孤独和绝望的死气沉沉的感觉。

眼前一片漆黑，他打开床头的灯，看了看墙头的挂钟：凌晨4点14分。

秒钟靠近零点，4点一刻整。

莲升盯着挂钟的秒钟走了一分钟，整整60秒，他大脑一片空白，困意尚在，但他无法睡去。

他起身去餐厅倒了一杯白水，仰脖咕咚一口气灌了下去。但他内心的恐惧一点也没有被咽下去。决心的一角似乎正在不可抑止地软化。

这是为什么？！梦里不祥的预感此刻更加强烈，他觉得自己在重新上演自己在上海看过的那部话剧——《希特勒的肚子》[①]。

某个阴谋似乎正悄悄地向自己靠近。如果说之前几次梦境中的意外只是某种浅尝辄止的乐趣，这次似乎它最终决定要做一件大事。

一切来得太突然。

这将是一次彻底的覆灭。直觉袭上心头，他滑落更低的谷底。

一整天，莲升比往常更加沉默。午饭过后，他又吸了一支烟。

但是只有他自己知道，自己的心经历着剧烈跌宕的起伏，贪恋而失控地沉陷在过去一个多月以来的梦的创作之中，时而亢奋积极，时而消沉低迷。

下班时间到了，他连一个报表甚至也无法完成。

是的，因为他失手了，因为在他引以为豪的舞台上，剧情忽然发生了根本性的变化，他所扮演的那些角色，现在一个又一个地跳脱出来，摘卸了面具，以他们本我的面目在嘲笑自己。

因为那个牧马女人，自己成了笑话。

莲升没有回家，坐在自己的位置上发呆。多少年来，他第一次花这么久的时间不做任何事。

加班的女同事走过来问他要不要吃西柚，还有谁送来婆婆做

①国内著名话剧艺术家孟京辉代表话剧——第二次世界大战结束前100天，苏军进攻柏林，世界局势动荡，希特勒栖居在他的“狼穴”里烦躁不安。忽然他发现自己的肚子越来越大，他的私人医生告诉他：恭喜元首，您怀孕了！

的煎鱼。

他道了谢收下，他知道它们明天早上会被当作垃圾倒掉。它们注定这样，没有别的选择。

这样或者那样的一种结果，就是命运吧。而所谓希望，其实并没真的存在过，它不过是往来于命运和结局，肌肤和灵魂之间的欲望，是人们假以说服自己接受结局的工具。

他盯着桌上的食物发呆。视线里所有的事物都渐渐成了浅景深，重叠的压迫感使得他眼压过高。他闭上眼睛。

不知过了多久，当他睁开眼，看见了不可思议的状况：

食物和眼前的物体就像被施了魔法，忽然蜕变身份，拉开大幕，开始演出：

新鲜的柚子褪去水分，面前是一堆干了的柚子皮；彼时还在公用桌上叠放整齐的崭新的打印纸，被折叠成一把把厚实紧凑的三角匕首；被削尖了的指甲碎片和写字铅笔、女人内衣的钢圈，它们饱含着诙谐，冷漠且犀利地看着他。

它们无一不是完美的杀人利器！而此时它们无一不在嘲笑莲升的无能。它们所拥有的智慧和力量，几乎让莲升羞愧致死。

他使劲掐自己的小臂，终于从剧痛中清醒过来。

四下无人，眼前的食物还依稀散着热度。

他抓起外套，跑出工作间，不，是逃脱出。

回到家，他便冲进洗浴间把自己扔进浴缸里。这是一个当下唯一能镇压自己情绪的地方。

莲升将水温调试到最高，将整个身体深深埋进水里。

但水温太高，使他不得不一次次将身体举到水面外。反复几次后终于能平和地躺在水里，一整日过度的用脑使他筋疲力尽，此刻的他稍稍能够稀释。

但大脑仍旧无法马上停止运转。画面在眼前反复游走。

一个陌生的男人，走进一家陌生的旅馆，得到了旅馆殷勤周到的服务。

莲升在某个角落里观望着这一切。虽然他忘记了自己所处的位置。

一名女服务生走过来帮他脱去身上的衣服，将他领进了浴室之后，便退了出去。

莲升默默地跟着他，很奇怪，就像是跟着自己一样坦然无恙。

当浴室只剩下男人一个人的时候，他透过镜子看了看自己，发现镜子中有一张脸。

一张不属于那个人自己的脸，一张因为遭受某种痛苦而极度狰狞的脸。

男人被眼前的一切吓坏了，他惊恐万分，急忙转身，跌跌撞撞地向后退步，直到贴近浴缸。

当他凭着某种不祥的预感，缓缓转身向浴缸看去的时候，他看到了躺在浴室里的莲升。

确切地说，是莲升已经死去的尸体。

莲升从梦里猛然惊醒，浴缸的水已经冰凉，而他恰巧凭此感受到自己浑身发热，准确地说是滚烫。身体在不停地颤抖。他一动不动，坐在浴缸里，直到身上的汗水被洗澡水的凉意完全覆盖。

他感受到来自皮肤的寒意一直渗到心里，渗他的每一只细胞。

半个小时过去了，莲升渐渐从恐惧中平静下来，他擦干身体，穿好衣服，冲出这可怕的浴室。

为了驱赶脑海中恐怖的画面，他决定吃点东西。

虽然由于刚才的噩梦，他已经没有胃口吃任何东西了，但他需要转移自己的注意力。他翻出冰箱里所有的食物，用五种佐料腌制的鳕鱼，鲑鱼炒蛋，抹了黄油和果酱的俄罗斯列巴，还有饼干和咖啡。

他吃得很忙碌，就好像不得不完成的工作程序一样。鳕鱼由于腌制过久咸到发涩，他也停不下来喝上一口水。

随着体内食物的不断增加，他终于觉得暖和起来了。

情绪逐渐回归平常。

到底是哪里出了问题呢？

这一个噩梦，以及之前的噩梦是在传达某种旨意，还是某种事情发生之前必然会有的征兆呢？

莲升望向窗外，黑漆漆的夜色交织着凛冽的寒风，内心无望。

他想起在自己 5 岁的时候，父亲答应带自己去台北市立动物园看动物，看着兴奋得上蹿下跳的莲升却忽然泄气，轻声自语了一句“实际上是动物看我，我在笼子里”。一直以来父亲都不喜欢阳光，面对阳光时他也常常叹息，将窗帘拉合到不露一丝缝隙。莲升觉得父亲或许并不是真的讨厌阳光，只是它穿越万米高空来看他，他却住在钢铁一般的笼子里，他心生歉疚。所以他常常沉默，虽然他拥有的说话的能力超过常人，在父亲的眼里，每一个事实都会被下一个事实抵消，每种想法都会引起一种相等而对立的想法，他因此从未毫无保留地表达过自己，即便是在酗酒之后吐得昏天暗地，他也会把马桶上的秽物清洗干净再去睡觉，第二天清清楚楚地记得发生过的事。有一次深夜他酗酒归来，打开冰箱和橱柜又关上，来回反复很多次。大概是因为意识已混沌而不可控自己身体的分寸，在深夜发出惊心动魄的响声。莲升从门缝望出去，在母亲的责怪下他一脸歉疚，“我只是想知道小升晚上有没有喝牛奶……”

也许从那个时候，自己就同父亲一起住进了笼子，它拥有预示未来的强大力量，也同样预示着强有力的、无法逃避的危险——即便你获得了快乐，你也不能享受它。

你看不见这是你的经历。

莲升回到床上，用鸭绒毯将自己裹得严严实实来缩小心里其他事端出现的可能性。

但他还是发了烧，病得严重，每一咳嗽整个胸腔就重新爆炸一次。更可怕的是他不断做着可怖的梦：他站在公交车上，周围的空气将他牢牢罩住使他动弹不得。公交车每到一个站点停下来总会上来一个人，只有莲升知道他们不是人，是鬼魂。这些尸体分别在它们死亡的站点处上车，不为别的，只为它们过于寂寞，想要和人们谈心。它们打扮得或生动或美艳，只是为了吸引人们的注意。但认出它们身份的人就会死，变成和他们一样的，在死亡站点上等待交谈与关注的鬼魂。

莲升被其中一个鬼魂识辨出的瞬间窒息至醒。

它并未露出凶险脸面，张牙舞爪，而是忽然停止谈话，转换成微笑直视莲升。

他翻箱倒柜，找到一瓶未拆封的安眠药，白色的药片饱含着刻薄的嘴脸，仿佛在嘲弄莲升，他还是来找它们了。莲升拿起两颗塞进嘴里，无助地安抚自己，“我没错，我只是累了，要睡个好觉。”

莲升的梦

又是独自一人的行走，在夜幕中大坝的边际上。

耳边响起汽笛声，身边不断有车辆擦过，从小岛的陆地上飞驰而去。海的颜色犹如夜幕一般深重。

刚刚在浴缸中的噩梦使得此时的我觉得寒冷异常。

我试着去包裹自己，但是同时，我几乎要惊颤地尖叫起来：

此时此地，我竟然赤身裸体！是的，什么也没有穿！

夜幕沉沉，就好像是在警告人们最好赶快回家。

“冷静点，这一切都是有原因的。”我努力安抚自己，在心里说。

我迟缓了脚步，不时有行人从身边擦过，我鼓起勇气看他们的眼睛，看着他们看着我时的反应，做好了迎接一切的准备。

然而，什么也没有发生。

没有女人尖叫着报警逃走，没有小孩子跑来吐口水。流浪汉哼着曲子从身边擦过时，目光甚至没有在我的身上停留一下，一直看着他眼中的远方。

我渐渐平静下来，甩开了怒号的海浪带给我的阴霾情绪。前进中的车灯在寒冷的黑夜中为我开辟出一个三角形的光明区域，然后引领着我不断地向前、向前。

紧接着一个声音开始在我心中挥之不去：

“你在不断走向死亡，走向死亡。”

我努力做到不让自己关注它。

为了知道自己的方向，我开始数着路旁的柱桩。

每一根柱子都以清晰的身姿在我眼前乍现，在夜间，散发着柔和光晕。

而在心里，那个声音并没有消散，反而跟随着我的节拍自主而有节奏地不断重复。

但是，为什么每一根柱子都会如此光亮呢？

忽然惊觉的我猛地回头看去：一辆豪华越野正耐心地向前滑行，与我保持着相同的速度。

车灯的强光使得车窗内一片漆黑，什么也看不见。

行驶到第一个路口处，仿佛到了一个大学校区，年轻的身影在不远处频繁跳跃，照亮了阴沉的夜色。

同时，也照亮了车窗内的人的面孔，用从容的狞笑看向我的面孔——

没错，是那个女人。利用我的梦获得欲望的解脱，由墓前逃脱的牧马女。

尽管这是冥冥之中自己料定到的那个场景，我还是在惊吓中踉跄了脚步。

她看着我，打量着我，似乎在告诉我："我能看得穿你，哪怕别人不行，但我行。"

我的尊严隐隐作痛。

一切变得让人难以理解，但最困扰我的问题不是这个，而是：眼前的故事是不是可以替换或改变呢？

我可以通过改变这故事，去改变结局么？

无论怎么样，我清楚自己唯一得去做的事是——杀死她！不能再让她就无端地消失在我眼前！

送她去死！立刻！现在！

我打起十二分精神，提示自己。

当作什么也没有看见。

车子没有离我远去，它静静地，耐心地跟着我。也许是——等待着我跟随它。

在第二个路口拐弯后，车速加大了。似乎有意驶向我不可能知晓的去处。我加快脚步。

大坝上的风强劲地将我包裹，发出古怪的嚎叫，仿佛即刻就要将我吞噬。

最后我终于开始狂奔，强硬地和这嚎叫对抗的时候，它却忽而渐渐褪去，然后消失不见。

车子终于在一座车站前停靠了下来。女人走下车，以从容不迫的节奏，走进车站的旋转门。

就在不远处，旋转门的玻璃上影映出我此刻赤身裸体的全貌——但问题不在于此——我并不在意它了。我看见我的面容展开如同一株树，树在火中成长。

是的，我并没有为自己羞耻，那一刻我忽然意识到羞耻如同尊严一样，并不发源于我们内心，而是来自于我们所判断的，这世界看我们的眼光。

车站大厅人影稀疏，人们风尘仆仆地奔向各自的今后。

我没有弄丢女人的背影，我紧随着自己的使命。

那个时刻我脑海里如同过电影一般回放上一个梦境中的每一个细节，她的身体，她说的话，她的欲望。我试图用最短的时间梳理我的理解，回放我可能疏漏掉的重要细节。

我不喜欢意外，尤其是这种意外来自于你最信任的结局对你的背叛。

但是细节的累积如此稠密，压迫着我的记忆以至于我觉得快要窒息。在这之前我从没意识到，死亡的命脉并不容易把握，它就像掌心的汗。

事情没有等我。女人买了车票，走进检票口。

这可能是一个信号，我告诉自己，警示自己，同时加快靠向她的脚步。

身边的行人是讲着普通话的外国人，我意识到这诡异的现象可能是由自己的暗示决定的。

等一下！如果是这样的话，那么，之前的这一切呢？难道也是如此？！难道我的失败并不是被所谓“意外”而正是被自己……

我不时觉察到稀疏的争吵，仿佛是佛灵的阴谋。

时间加快前进的脚步，撕下它惯用的温和面具，掩埋了这场景之内可能发生的情怀。

我开始不可抑止得不安紧张。有些重要的东西似乎没有应对的策略，似乎就要来不及。

但我绝不能让它再发生了！

天明仿佛很快要在一个不知名的地域来临。

或许意外会发生，但，那也并不重要了——女人的发梢，就在我十指开外十米以内的位置了！

是的，很快我就能掐死她！用尽我肉身被赋予的、无须被引导的、纯粹的全部体能。

我的血液在沸腾。事件演变成一些画面定格在逝去的分秒里，用来成全这一刻结束之后，我的记忆，以及支持我继续前行的能量储蓄。

但几乎就是在这个念头释放的同时，意外再次发生了，又一次。

她就在我的指缝里，消失不见了！

我分了神，因为有一只白色的猫倏地滑过眼角，因为那双高跟凉鞋在耳边上踩出巨大的嗒嗒声，又或者，是某一个长着褐色皮肤的小女孩……但一切都不重要了。

所有的情节都在酝酿着一次事变，试图留下最壮阔的悬念。

就像是电影里最高潮迭起时的场景：你对某些事件的直觉分外熟悉，只是无法预见它们发生的具体形式。

它们常常很渺小，渺小又微不足道，大局却会因它们逆转。她就在我的眼皮底下，溜走了，以这种滑稽荒谬的形式。

事件像鬼魂一般划过灵魂。我连再挪动一步的气力也没有了。

我站在原地转了一圈又一圈。时间于是也凝在那里。心上的门正被关上，锁正被扭转，这是一段漫长的时间。

在这段时间里，除了死亡强烈地撞击着我的意识之外，关于我的童年时光，对父亲的怨恨，无力成型的愤怒和雄心壮志的回忆交织在一起向我涌来。在某一个巨大的瞬间，几乎就要将我吞没。

我痛苦地闭上双眼，接着就像一条蛇那样，正在用尽气力伸展自己蜷曲的身体。

我知道是“自己”放她走的，结果是被自己决定的。

不知过了多久，在我甚至不确定我是不是还在梦里，是死了还是活着的时候，今晚的故事似乎开始发出腐烂气息的时候，我听见了有掌声响起，它一开始只是来自于某一个人不确定的情愫，但它很快就赢得了共鸣，掌声如潮。

我睁开眼睛，看见身边站满了人，是的，人群将我视线所及的所有空间填满了。他们满怀热忱，用力地鼓掌，仿佛彼时，一出精妙绝伦的戏剧刚拉上帷幕。

我看见我的父亲、马修、顾琴琴、行长夫人，还有刚刚在大坝上与自己擦身的流浪汉，他们仿若抛下所有过去，褪去执着，卸下装扮，堂堂正正地站在我的面前，为他们一手打造的结局庆贺。

掌声愈发地浓烈，每一个人都用同一种陌生恐怖的笑容直视着我。他们的笑仿佛是对整个事件的诠释，是一种充满深度的总结，用来帮助我理解今晚所有的一切。

我终于明白我并没有站在舞台上，我一直是他们的棋子。而此刻他们高调谢幕，施舍某些真相给我，就像心满意足的富人醉酒归家时向乞丐碗里扔下的铜钱。

头皮越来越紧，剧烈的痛楚由我的心向我屈辱的肉身弥散，死亡的声音如此温婉，令我措手不及。

而同时，另一种直觉胁迫我骤然抬眼。我没有来得及做任何思考。

眼前的所有的景象再次幻化成浅景深，我只一眨眼，地铁门便在我眼前“嘭”的一声关上，

她得意的笑脸在玻璃那面绽放，手中握着一枚单程车票。

地铁呼啸而过。

冷冷的手

醒来的深夜时分，床头的加湿器发出的巨大嗞嗞声，给这冷到谷底的时间略添温暖。

虽然在白天，当客厅的热气以最大的功率从散热器喷涌而出的时候，莲升也听不见一点声响。

这个房间，此刻突然变成了世界的退隐之地，善意地留给他及他的身体一些空间。

莲升静静地躺着，一动也不动。

连续在浸透的床单上苏醒，他觉得自己此刻的任何思考都只会显得更加狼狈不堪。于是任由大脑一片空白。

抬眼看去，目光所及只有四面空白的墙。自己从未给过这墙任何的颜色或装饰，它们一直如同自己的心一般苍白。

为了在这环境中找到某种平静的方法，他只有保持更加的平静。慢慢的，一点点的，时间很自然地将他拉回他在意的回忆里。他不明白，这些回忆既然是常新的，为何如此小气，记载他种种来历却隐藏他未卜前程？

一个跟随他多年的梦境此时放大了它的细节，似乎要全盘托出它的秘密：他站在自家的阳台上，打算飞出去。四围的楼房和他自家的楼房一样，是上个世纪盖的老房子，只盖到四层。莲升打算飞得更高，要远远高过他在这之前所身处过的高度。

他通过驾驭自己的想象来驾驭他飞越的场景，有时候是一些城镇，有时候身处山河之间，他看着大船驶过，或者身披风雨绵延，想象着那些不曾发生过的事情——小镇上小伙子的口哨声，市中心廉价餐厅的午餐时间飘出来的油炸牛排味。他很自豪自己可以以这样的方式漫游，他确信并没有其他人可以和自己一样。更重要的是，在这些过程当中，他真正做的事是在思考，以至于他的想象、他的想法构成了他的旅程。

然后到了最后时段，或者说，不管这旅程有多精彩，他都难以抑制它终将以回到那个顶楼作为终点——那是一段很短的路——从覃和路边上的一个名不见经传的小巷子里拐进去，正对面的是一家早就倒闭的幼儿园，破败的滑梯上锈迹斑斑；再右拐，在路过几个永远翻涌着恶臭的垃圾桶的时候左拐，会很快发现右手边是废弃了很多年的锅炉房，大概再直行十米之后右拐，接着直行 20 米，越过一个一人位置的铁门门栏，就到了那个由四个四层楼房构成的院落里。

是的，这里是这个梦的唯一去处。即便莲升曾经身处某处，即便他确认自己经历了一段旅行。这里仍旧会是终点。

正如其他人所遭遇的一样，那些他认为造就他的，很可能正是毁灭他的，而今天发生的事只是昨天发生的事的一个变种。

今天经历的梦境中他所不能把握的，正如他在曾经的那个梦中终究无法把握的那些一样，它们本潜藏在莲升的灵魂浅处。

小时候，只要有祖母在身边，莲升就时时刻刻活在故事的世界里。他崇拜祖母的故事有让人着迷的能力，那些故事都长着眼睛，长久地，警觉地，咄咄逼人地看着现实里发生的事，时不时发出叹息。而对莲升来说，它们早就化身为预言和诅咒，潜藏在他的生活左右，等待时机发作。

莲升突然明白某些事情从一开始就错了，但为时已晚，他不愿改变了。

他必须问自己要一个结果。

接下来的日子，莲升逐渐淡出所有人的视野，包括马修。他将与那些重要客户的面谈推脱出去，电话常在无网络的状态，邮件的回复也通常只有三种类型："明日提交""再联络""OK"。

大部分时间他待在家里，也会没有任何目的地出门，随心所欲地做突然决定要做的事。

有一次他不带一分钱进入一家饭店，在点了上万台币的菜之后假装去洗手间然后溜出门外。

有时候他会在行色匆匆中不动声色地往街角乞丐的碗里扔两千台币，或者有时候，他去一家陌生的网球俱乐部，将穿着黑裤袜的女孩子拉进盥洗间做爱，然后在她还没有提上袜子的时候就敞开大门走开。

他沉溺于这些游戏中，享受着突然离开和没有预约的结束。享受着将那些意外的人和后果抛在脑后的快意，就像曾经被抛下过的自己。他发现做这些曾经在现实中被自己看作卑贱、荒谬的事的时候，他和自己的人格一分为二，其中一个站在不远处隔岸观火。更重要的是，他需要亲自去体验，这一个个他能把握的结果。

待在家中的时候，他将所有房间的门关上。让自己独处的空间尽量显得狭小——当一个人身处的空间愈发得狭小，他就愈需要不断被迫显露自己——也因此被迫检查自身，检查自身的深度。但当你关上让别人进入的门，打开让自己流入别人的门，就不会有任何问题了：你随时可以逃离，因为谁也不认识你，或记得你。

你可以避免不情愿的面对，无论对自己还是他人，只要选择走开就可以。如果人们永远不知道真相，那么他们就不会有机会拿这些真相来参照自己的人生。

这段时间他亦想起年少时曾被自己时常挂念的一些梦：

他藏在一家餐厅的一面墙里看着人们吃饭、吵架、偷窃，或者在墙体里自由游走，没有人知道他在那里，没人看得见他，或者他是什么这一点他自己也不知道；另外一个梦里，自己是黏在某个女人身上的口香糖，女人头发很长很香，她走过大街小巷，带着自己看过了很多风景；他偷看女人的锁骨、乳房和私处，女人和男人接吻的时候心脏跳得很快，皮肤极速加温，这些他都通通第一个知道。

而他存在的形式令他安心。

在这些梦境里，他因为褪去作为一个人的身份，而成功地退隐。

对莲升而言，这种退隐意义上的孤独，是不必看见自我，是不必看见自我为他人所见。是一个人能够为自己做到的，最了不起的事。

莲升陷入对这些梦的追忆和迷恋之中，他渴望自己能够利用这样的梦境下手。

莲升想起弗洛伊德的对梦的解析——我们必须对梦的显露的和隐藏的内容做一比较，那么，不管自己所感受到它所显露的有多么痛苦，莲升想，他都必须亲手去揭示那些隐藏的内容。

至于那个女人，莲升很清楚，她正是自己在与现实生活中的对抗中产生的欲求不满的怪物，她一方面牵制着自己走向希望，一方面自己则需要为她制造新生，为她祈求真正的光明，带领她认知绚烂的死亡。

是的，死亡对她是圆满的，唯一的结局。

对自己也是。

莲升的梦

我坐在一家餐厅里，布景很熟悉，从窗外的风景到沙发的颜色，到家居的摆设，哪怕我马上闭上眼睛，我也能细述所有的细节，但我确信这些我只见过一次。一个人如此精确地记得他只见过一次的东西，一定是他真正存在于此过，因为记忆，与其说是人们身体里的过去，不如说是人们活在当下的证明。如果一个人真正地存在于某个环境里，他就不必想着他自己，而是想着他看见的，感受到的东西。他得忘记自己，才能存在于此。

说到自己，我低下头看着自己的身体。但很快我发现——我没有找见自己的身体。我惊讶自己并没有觉得很惊讶，因为记忆很快告诉我这件事也一定发生过。然后紧接着我就明白是怎么一回事了——我在一面墙里。而因为记忆的参照，这面墙和自己小时候曾经待过的那面墙一模一样。

它隐匿在现实空间中，即将投身于一些全新的事件。是的，曾经的一切都还在我的心里存在，每个元素都在绽放光芒。

但我清楚自己对“陌生”的狭隘界定——因为记忆，某个人一定会出现，以某种形式。

一个男人从正对着我的大门走进来，在我的对面坐下，在离我不到5米远的桌前，我甚至能看得见他手机上的画面。他脸色苍白，呆若木鸡，一定刚刚经历了重要的事情。我并不关心他的故事，我关注的是他是否从他面前的这面墙上发现什么，比如，看见我。我紧张地盯着，看着他的一举一动，很快我确信他什么也没发现。是的，我再次隐退在一个灯火通明的饭厅里，人来人往的人群，对着我大方地袒露着自己。

我的心快乐地跃入未知。

我在墙身中游刃有余地行走，从前厅走到后厨，两个小工悄声谈论着大厨卑鄙的偷艺史以及和老板娘的风流事，大厨则对着电脑里华股财经中的大块绿色黯然神伤。正在做蟹黄糕的师傅放了厚厚一层白糖在面粉上。

我回到前厅，等待着她的出现。

一个夫人走进餐厅，一只3个月大左右的美国短毛猫腻腻地端坐在她的左手臂里。它没有看我一眼，也没有因为受惊而惊恐地从夫人怀中逃窜。

我对自己身处的形势极为满意，即使以我经验中最平常的状况而言。

我强烈地感觉自己正在活着，这个信息此刻包围着我，渗入着我，令我无比幸福。

不知过了多长时间，和煦的日头淡去，夜晚来临。人影逐渐变得稀松，餐厅的老板将所有的窗户打开迎接安静的夜风，寒意令我打了一个寒噤。大概从这时起，我开始觉得自己像一个人一样存在着。

可是——没错，她仍旧没有出现。但这没关系，整个世界缩成了眼前这个房间的大小，而我，必须待在现在所在之处，该来的总会来。

大概一个小时过去了。

很快，好几个小时过去了。

我决定要探寻问题的出口，总不能让钥匙坏在锁孔里。于是我打算从这面墙出去。

于是我以我以为自己所有的能力，从那个安全的壁障中跳出。下意识中我的这个行为跳出了我所有诡异的经验范围之外，它让我没有安全感，所以跳出来之后，我马上找了最角落的位置坐下，像一个普通的食客那样，这样能使我体面地不被刚才的身份勾勒住。

但，当然没有什么可以作为解释，事实的另一面景象在这个时候毫不留情地击破了我之前所有引以为豪的线索——就在我本能地看着我刚才存在过的那面墙时——我看见一个发光体——准确地说是一个发光的球，它先是老实而自作聪明地待在墙体的正中处，然后顺着墙体窜向了厨房，停留在一场对话的时间里后又回到原点。

我的心一点一点向下沉去，虽然直觉已经告诉了我一切，我仍旧不死心，期盼着是自己看错了，是自己不自信的意念在作怪。

我告诉自己别期待任何解释，最好尽快处理这个梦境，然后离开。

但一切才刚刚开始。我无法控制，该死！

忧郁的男子，方才在后厨讲他人笑话的两个小工和大厨及抱着美国短毛猫的夫人，彼时忽然全体出现。他们站在一起，团结成一支队伍那样，笑意盈盈地看着墙体内的那束光。

骄傲的美短[①]亦用充满兴致的余光一路追着它——其实是“我”的表演，一动不动。

那个光球——我——越是显得充满抱负，越是显得机警而坚定地等待着什么，人们就越发笑，这笑源于人们正在以娱乐的公正姿态对待着一场戏法或者魔术中的小丑，实际上他们对“我”的方法了如指掌。

①美短是美国短毛猫的简称。

有种答案会对一切负责，而我无能采集的人性将闪耀在迷人的真相里。

尽管失败使我手脚发软，我还是使劲掐大腿来使自己回到现实中，来避开可能的，更糟糕的结果。

但一切徒劳。

而某种预感积极地靠近我，似乎不甘心让我自己做主改变。

一阵香气缓缓地蔓延开来，是蓝莓和栀子花混合在一起的洗浴香波的味道，我甚至依稀能想得起来香波品牌的首字母是M开头。这熟悉的香气有效地告知了我现在发生了什么——另一个元素将我引到了另外一处，某个我全心全意等待的人就在我身边，她娇媚的容貌和我的心意如此贴近，一种好似两人世界的宁静和温暖超越了我自己——

因为当下，我变成那只紧紧黏附在她衣袂上的香口胶。

我忽然觉得可笑，此时我终于这样近地靠近我的动机，但它却站在了目标的对岸。

我知道事情只会更加糟糕——

她走到一家水果摊前，随手拿起一个美国青苹果问老板娘："阿婆这要怎么卖？"

"两百二十三台币。"

"要这么贵的啊？"

"是呀，美女，进口来的总是会贵的呀，但是好吃呀，酸甜爽口水分多。"

“阿婆，你说得对。‘开花不开花与接吻不接吻不是同一回事，正如……我与莲升’。”

我的脊梁上迎来她的眼神，她隐藏不住的嘲笑在睫毛下隐隐蠕动。

“……正如我与你，并非仅仅为了吃掉这个果，化为那些泥。”[①]对吗？莲升？

①台湾著名诗人洛夫的诗句。

旁观者的宽恕

第二天晚上莲升又做了一个梦：他梦见自己成为牧马女背上的光圈，他被自己的热力炙烤着，什么也看不见。

莲升讲话愈发清冷，与他谈话的人开始变得很费力，他要么心不在焉，如他惯常那般；要么用冷幽默攻击你，以另一种形式的心不在焉。马修发现，当他试图要和莲升讲话，开始要下一番决心才能进行，因为无论说什么，他要么迟疑很久才回复你，要么没有任何回应，或者答非所问，显示出他并未跟得上你的词语之流。

他开始抽烟，有时吸烟很凶，也嗜酒，但当他忘记吸或者喝的时候，一点也没有觉得不好过。他没有对它们形成欲望，只是清醒着站在它们的对立面，观望着它们带给他的感官刺激。他看很多书、戏剧和电影，认真地演练着自己中意的角色，洞察自己的本意，洞察着袒露于人性之上的真相，时刻准备迎接死亡所能带来的更具深度的希望。

他悉心准备着，也等待着。

他清楚，想要成功地隐藏在一棵树后，最好的地方是去森林，但如果没有森林，就要创造一片森林，然后在里面既隐秘又耀眼地存在着。

他一再提示自己：那些伟大的死亡场面，不能再变成丢脸的闹剧。为了存在于梦里，他必须回到某个全新的起点，这个起点没有马修，没有顾琴琴，也没有父亲，没有这使自己陷入苍茫的虚无可笑的现实一切。

只有一个人是肯定存在的。

至于牧马女，莲升打算在自己的世界里命名她为“Vichy”，名字源于行为艺术祖母的玛丽娜·阿布拉莫维奇。迸出这个念头的时候，他也被自己的想法吓得一怔。他想一定是自己的潜意识一直在承认，自己和她有着某种特殊的关系，在梦境的二元性中，“她”由自己创造，却逐渐成为故事的执导者，引导着自己与她在亲密和对抗中纠缠不休。但她并不迷恋表演本身，也不迷恋与自己的纠缠，莲升判定，她的目的就是摧毁自己。

但这是她的弱点，也是自己唯一的机会。

莲升很清楚，她的智慧、狡诈、丰富、淫恶、叛逆、多情，都是自己赋予她的，如果他不能取胜于她，他就不可能超越自己。

在日光灯的隐射下，他看着自己的影子被拉伸成离奇的模样，掂量着它会有多重。

它就是自己的投射，因为有自己在，它才存在，不管它看起来和自己都多不一样。

夜晚睡下前，莲升一遍又一遍背诵圣佛朗西斯的祷词——这是他写在自己殊荣前的奏鸣曲。

让我变成祥和的工具
在仇恨的地方播下爱
在伤痛的地方播下宽恕
在怀疑的地方播下信心
在失望的地方播下希望
……
让我安慰他人
而不求被安慰
让我了解他人
而不求被了解
让我爱他人
而不求被人爱
我们因付出而领受
我们因宽恕而获得宽恕
我们因死亡而获得永生

睡前路过窗前，额头前的月亮上上下下的流转，最终停留在同一高度。他决定打造“长远”的关系——在自己和Vichy之间。

在接下来的多个梦境中，莲升悉心加入或编撰每一个故事的场景，Vichy以不同的崭新的身份出现，有时，她是莲升的情人，与莲升一起消费做爱狂欢逛博物馆看言情剧，在电影院谈论爱情与生命；有时她是在Opus One喝opus one的随性女子，与陌生人笑谈上床的价格。莲升从不展望从不有所寄托，他认真地活在某种私密的光线里，而在这光芒中，莲升与 Vichy 彼此拥抱着，仿佛永远也不会分开，Vichy 似乎也没有将“记忆”带进崭新的梦里。

那段时间，莲升每时每刻都做好准备，如此清楚如此坚定。虽然不管怎样，即将要发生的事情终究是他无法猜测的。

“你知道么？”Vichy 在一场梦境中对莲升说，“有时候，即便我喝到了了不起的 Nebbiolo①，我还是喜欢用我的小脚杯品尝它，天知道我就是喜欢用这么愚蠢的方式来怀旧——但如果不是这样，Nebbiolo 的层层薄纱就会将我笼罩，我就什么也看不清了。”

她的脸上没有什么表情，嘴巴扁扁的，眼睛无力地睁着，包含困意，双手无力地垂放在两侧或者抱在胸前。

莲升沉着冷静地应对自己正在经历的，甚至觉得无比充实。有时候他会训练自己的情感，让其以完全不属于他本人面目的失控状态，对 Vicky 表达着爱。他训练着让自己的心走出身体，让二者努力避免受对方的干扰，这种难度不亚于他被迫看着自己的消失而无动于衷。

他对她说“我爱你”。

他甚至在一场梦中救了 Vichy——如果不是他出手，她将死于她抛弃的一个情夫，那是一个大她 16 岁的痴情而无聊的大学

①意大利西北部皮埃蒙特 Piemonte 的最尊贵也最挑剔的葡萄品种，Nebbia 意喻云雾朦胧，声号享誉酒界。

教授——莲升重重地将她拖离雨后油滑的马路，她才没有毙命于那个愚蠢男人的车轮下。

莲升清醒地知道自己在做什么。他扮演着那个对此事感到好奇与震惊的旁观者的角色。

他成功地存活在身心分离的真空里，逐渐适应了外界的压强。就像他许诺过自己的那样——他需要打造更长远的关系。

肇事者因为冲动失去了自控力，他的车和他自己在撞上一个防护栏后都变得惨不忍睹。

Vichy 用双手死死地压住俊俏的脸庞，手指似乎想要扎进肉里去。莲升旁观着这一切，内心冷笑。

一辆救护车呼声震天地来到现场，尸体被抬到担架上，穿过汹涌的人群，引来一片喧哗。仿佛有一个正义的使者早已将这件惨事的始作俑者——Vichy 及其与教授的故事公之于他们。他们用可怕的眼神参透着这个女人，而她紧紧靠在莲升的怀里哭着，就像一个真正的受害者那样。

“我不在乎她要什么花样，”莲升想，“我只需要让她一点点明白，我是站在原点的人。”而她明白这一点的所有意义在于，当最重要的时刻来临时，她毫无察觉。

莲升的梦

这是一间铺着青色瓷砖的厨房，虽然阴暗，但很清洁，墙上装了五个壁橱，它们严密地缝合着，关着久远以前时间的秘密。

一只白蚁沿着壁橱的门把手缓缓爬行，木头因太过腐朽，潮气塞满鼻息。太久没有人踏进这个房间，轻轻扬步就溅起浓重的尘土。

时间顺应着被拖慢了脚步。

窗外有汽车轮胎的爆裂声，更多的是车辆向前疾驶的声音，有一辆汽车沿着喧闹的沿河大道失去控制往前冲了好长一段路。

但只要身处一个安逸的处所，这些就都和你无关了。

我走出厨房，右手边是一个直耸至阳光高处的阁楼。

因为清晰地知晓我正身处的梦境，我便毫无抗拒地跟随着它。阁楼的窗户呈三角阶梯，有大片的阳光洒进这缝隙。

我在楼梯下扬起脸，下巴仰起，一些日光落在我的嘴唇上，只是它们并不温暖，也不芬芳。

我小心翼翼地走动着，但我清楚自己身处安全。穿过一个耳房，爬上一个梯子。我应该正在准确接近自己需要得到的信息。

走不多远我就到了一个布满灰尘的储藏室。显然有人在这里饲养过动物，应该是一只温顺而忠贞的狗，主人的大脚印旁边都细碎地铺着密密的狗爪印。地板已经很松动了，我不得不极其小心地走路，但它仍旧发出咯吱咯吱抗拒外界的巨大响动。

我发现了几样东西：几件老旧的绘画品、一些摄影作品、明信片。其中有一张照片，在一个狭小但装裱华丽的空间内，一个犹太家族，五口人各处一处，局促而自由，两只狗安静地卧在房间地板的最中央。照片的反面写着“佛雷德里克·伯伦纳，格里高利·阿罗诺维奇，耶根尼亚与他们的孩子和狗”。

这应该是大离散背景下，全世界拥有最美姿态的犹太人了，我想。

还有麦绥莱勒的木刻作品，“DR·MED，F·KOEBNER”黑白粗犷的木刻线条让我尤其感到震惊，另一些主题写满了毁灭、逃亡、仇恨和下流。这些东西，以这种形式正在被我经历，远远超过了我想象中的真实，并且美好。

有一张画上画的是一只刺猬和两个骑在马上的人，这样的画面是我在这个阁楼上唯一觉得轻松的东西。画里的人有堂吉诃德。

有人已经来过这里，直觉告诉我。我盯着那些信件，不确定它们是要掩盖还是要揭示什么。

除此之外，一个纸盒子放在墙角，里面放着11个文件夹。

我决定拿走它们。

文件夹是绿色的，里面是一些书信，虽然字迹潦草，却都无一例外是行间紧凑、密密麻麻的，令我无法辨认的字迹。

该有人出现了吧，我想着。

是的，我都这么想了，一定是到了该出现的时候了。

但是什么也没有。

我等了一会儿，决定先打开一封信。

内容如下：

Roky，你没有怪我吧。说起来真是惭愧，你总是包容我。

昨天晚上又梦见了小升的妈妈……

一种提示在那个瞬间重击了我的意识。但我很快安抚好自己。

她看起来很不好，这让我很难过……大概是我的思念，让她没有安心地走好。今天很想你，你总是忍受我的坏脾气，有你在的日子真的是好。

不久前我去看了父亲，他留了遗嘱要把骨灰供奉佛龛，我硬着头皮说服自己走进寺里。我的心确实太窄了，就这些可怜的回忆，就塞满了它。

我对你的思念无穷无尽，我坐在这里，心里总是告诉自己：预感。是的，我们总能预感很多东西，我甚至排斥其中某些我能预感到的事情，有些人也同样能够感受到它们，更多人为它们疯狂。但对我而言，当小升的妈妈离开我的时候，我就开始不再害怕它的存在，不为它活着了。同样，当我离开小升的时候，我也真切地感受到了它。我一直离他很远，从未走近过他，但正因为如此，他才可以成为和我不一样的那种了不起的人吧。原谅我的预感，和这么失败的我。

Roky，你说过会陪着我，不会让我一个人孤零零的。虽然我嘲笑过你，也知道试图理解你是徒然，但是我确实希望那句话是真的。说起来真是可笑，你是我唯一可以说这些话的人。大多数时候我只能声嘶力竭地和自己说话。我曾经以为自己永远也不会真正爱上一个人，因为我想要的实在是太多了，但是后来我认识了她，我发现我原来只要她一个人的全部的思想和灵魂就够了。只要这一点点就够了。

亲爱的，我以前在和你说这些的时候，你都会认真又妒忌地嘟着嘴，我很想念你的那个样子。

但有些事终归是变了，但我说不好是什么变了。或者是，但谁又知道不是我呢？

你想知道么？

看了又看的，和想了又想不一样，有些残忍的、充满缺口的事物会让我想了又想，自己折磨自己，有时候人也需要折磨，和需要吃饭喝水是一回事。但那些看了又看的，一直充满美好。

不管怎么样，此刻我愿意承认，你对我的爱即便有止境，我同样愿意继续为你沉沦。别讽刺我的伟大，我只是想，有一个对你很好的女人，她爱你，你也爱她。她陪在你的身边，你把她拥抱在怀里。你们的体液纠缠在一起，就像那总也分不清楚的感情。她始终在你的脑海里萦绕，给你带来了烦恼，这时你才发现，爱是没有尽头的路，你陷入一个无底的深渊，慢慢耗尽。你已经筋疲力尽。

我常常想我是不是该放你走了，虽然实际上你已经离开了我。但我负担不起自己的认真。

而我们的孩子们呢？他们会不会像他们的父母一样，像我们所期待的那样彼此相爱。亲爱的，请原谅我让你失望。每当我独自一个人，就像现在这样，我都始终会想着你，为自己没能满足你的愿望而痛苦不堪。我该怎样继续生活下去呢。

是的，是我让自己的爱情陷入了窘迫之中。你能理解我的吧？对吧？你就像是我的爱人，即便我说我想死，你也会理解我的。

他们上个月接受了我的提议，S成了此地的依靠。他的老婆是俄罗斯人，每次都热情地欢迎我（左脸颊吻三下，右脸颊吻三下），她喜欢同我讲话，指望着下次与我的见面。蹊跷的是我刚刚听说她患了抑郁症，已经被S送进了医院。

另外一件事，上次在新寨遇见的那个警察，他帮我找了丢失了很久的那块表，这真的是太神奇了。我从没想过我丢失的东西会再次回到我身边。

所以，我不期待与你的再次相见。

今天的阳光真好，我本该去远足的，但我不得不待在家里，和你告别。

我想我今晚一定会梦见你的，我把东西收拾好了，随时准备去远足，虽然我并不确定离开的时间。

我深深地爱着你。我爱你。

你的祥

我深呼一口气，又重重吐了出去，将信按照原先的折痕折好，成功地克制住了其他杂念。接着打开另外一封信：

Roky，今天是星期三，我在路过邮局的时候看见了一个吃雪糕的女孩子，想起上次你做蛋糕的情境，便想着给你写信。

以上都是借口，其实我就是想你了。

今天我买了一件衣服，是从折扣店的货架上买来的人造革套装。拿回家我扔在了床上，等我再次看见它的时候我就笑了，不知道自己为什么会买下它们。或许它们是我吝啬的声明，对变化的漠视。

我并不是有意去买这些让人觉得孤独的衣服的。你知道，这也许就是我要的小心机，使得我看起来很特别。我有能力买我想要的所有的东西，但我一直看起来像个乡巴佬。这几年好一些了，应该是因为你的出现吧。我上个星期惊讶地在我的衣柜里发现了蓝色的格子长裤，黄色的领带甚至还有高筒靴。尽管它们还挂着标签，但它们是我为改变所做出的努力。

我和钱之间似乎一直有一种荒谬古怪的关系，我想尽方法想要占有它们，但是我根本不会利用它们，尤其是不会利用它们使自己变得好一些。

生意好的时候，我每个星期都有上万美元的进账。但我永远需要同时应对多种局面，同一时间总会有来自十来个不同方向的攻击，我从未在同一天做完自己打算做的所有事情。我回到住的屋子里并非因为完成了工作，而仅仅是因为我把时间用完了。等你醒来又会有相同的一天等着你……

我觉得有一股强劲的气流穿过胸膛，呛得咳嗽起来。父亲的样貌在字里行间分明清晰起来，我开始害怕某种结果，就像是当你翻山越岭之后发现自己的去向是一个贫瘠而狭窄的木屋，并且它不是驿站而是终点。

但是我不能从这场梦境里跳出来，我必须忽视自己的预感，勇敢面对。我接着读下去：

有时候我觉得很累，但大多数时候我只是毫无知觉地在工作。我想我的体内有一艘船，我永远不会让它沉没，但我也不想给它机会让它扬帆去远方。

抱歉亲爱的，我又向你抱怨了，在你面前我总是像个无措的孩子。

前天晚上我又做了噩梦，梦见自己死了，并且我参加了自己的葬礼。我的眼睛一直在黑暗里睁着，没有能力搜索任何回忆。但我惊讶地感觉自己在流汗，梦中我甚至能想象自己在床褥中汗流浃背的样子，如果我真的在那个时候死于心脏突发，梦中的事情是不是也会顺势成为真的？醒来之后我的肾上腺激素贯穿我的身体，头痛欲裂，而我的身体收缩成胸膛背后的一个细小的领域。

对了，葬礼上我梦见了莲升，他长成了一个高个子、头发浓密的英俊男人。他远远地挺拔在人群之中，看起来棒极了。我一眼就看见了他。那个时候我有种冲动，我想知道那个孩子的一切——他有几只手表，他的女友长什么样子，他上一次哭泣是为了什么。然后我确实走向了他，但是我越靠近，他的脸就越模糊。于是我明白了，便停止走向他。作为父亲，在我选择了自己所站的位置之后，就不能随意改变了。

亲爱的，现在是凌晨两点，烟灰缸满溢，咖啡壶空着，窗户开着，吹来了早春的寒意。恍惚间仿佛你就在我身边。请你照顾好自己。

想念你熟睡时甜美而惊人的身体。

你的祥

看完这封信，我难以抑制地流出眼泪，它们顺势而下的时候我感到了形而上的戏谑重生，它们亦使我感到迷惑。我不知道我是否有勇气在这个梦境中与Vichy相遇，那一瞬间我甚至怀疑一切都将不再重要。心境遭遇有史以来的最多重的压迫，我感到困难重重。

但我无法选择，因为我已经选择过了。我必须跟随自己的步伐——继续读下去，第三封：

莲升：

我是Vichy，不过第一句该说什么是你能接受的呢？

我的心反而稍许平静，该来的果然还是会来的。是的，这令人熟悉的意外反而使我安心。

不管怎么样，那不是我该考虑的事情，毕竟是你一直处心积虑要杀了我。你如此聪明，我几乎要爱上你了。

你一定常常也在感受回忆给你的快乐吧？我们都是活在过去的人，一群人当中，只有同类能嗅出彼此，所以你会爱我，我会爱你。

但我与你不同，你是真实存在的，我只是专属你的虚拟人物。我是虚拟的，不存在的，但我知道我真实地存在于你的世界，比什么都要真实。

有一点你很清楚：你无法主宰我驾驭我，甚至会怕我。我和你在梦中相处的短短数十分钟里，所有的因果关系都松动了。

如果一个人要真正地存在于他的环境中，必须要首先存在于自己的心里，你连你自己的心都找不见，自然无法应对我的出现。

很可惜，我并不是那稍纵即逝的片刻或与你的生活全无关联的东西。

再见，达令，清晨了，你的闹钟响了。

莲升的梦

我拥有清醒意识的同时，挂在我脖子上的工作牌充满善意地诠释了我的身份——

我是供职于北京某官方新闻社的一名实习记者。名叫李安我。

看着我桌子上成摞的档案和剪报，我便大概已核算出这个身份付出过的努力。

或者说，我乐意接受“它”做过的任何事。

正午时分，法院传过来一张照片：照片上的年轻女子，一个富家女，正试图仓皇躲藏于某一场举世闻名的事件中。

这个以窈窕身姿存在于相片上的女子，当然就是Vichy。我的嘴角暗自上扬，源自于我与故事之间有了更多的默契。

民众将所有可想而知的兴趣点都集中于她的身上，她的律师居然最终把她作为牺牲品来陈述。

因为她显然只能以弱者的身份参演今晚的桥段，否则这将是一个很难继续的部分。

我的内心没有分毫热度。

她终于出现在我眼前的时候，是楚楚令人怜惜的弱势女子。

在新闻社的对面我找到了一家咖啡店，进去之后意外地发现有售口感极为复杂又惊人集中的百年波特酒。

我选了两条很长的法国长条面包，以及一份鱼子酱，一份新疆酸奶酪和一瓶波特酒。

酒卖得异常便宜，一切都还好。

服务员不在状态，似乎有私密的大事到来。

故事显然要再来一遍，就像跳跃的唱片一样。所有人好像都知道，这是必要的，比如生命的救赎。

Vichy 原封不动地待在她进来的就能挨得到的座位上，她显得保守但充满攻击性，我知道并不是因为她害怕。

在我和她之间，在长椅上，我们准备享用一顿大餐，不含有任何目的——至少我是如此。

葡萄酒的香气、奶酪的香气，还有热度的面包的香气环绕在我们周围。

我们友好地交谈，进餐，像一对好朋友那样交换心情。她痛斥他人的陷害，媒体的无情。她有几分在哀求我，甚至几次落泪。

突然间，我们了解彼此更多了并且赢得了更多的羞耻而不是失去它们。我知道即便赤裸，也不会仅仅是我自己一个人了。

“我不害怕。我只是想尽可能地去迎合他们的需要，这样他们才能善待我，他们不喜欢让万事一笑而过，因为那些事永远不会是他们自己的事，我愿意。”她最后平静下来，一边品着波特酒一边说。

“这个狠毒的贱货。”我在心里说。

但我承认她说得没错，她需要缓一缓，给自己一个理由，用来坚定自己可能是随便确立的信念。

这点我很确定，我在一段时间里与内心的自我保持若即若离乃至彻底远离的本领，看来取得了一定的成果。这段时间里，我没有成为一个机器，而是成了一个武器，我自己的武器。

接下来我们像熟知的朋友那样聊了很多，她从来不问我从哪里掌握了这种擦去对另外一个人那种犀利眼光的方法，或者说杀人的眼光。

我想一定是从危机中幸存下来的优越感使她拥有的缄默的能力，缄默是最好的保护自己的方法。

我们喝光了波特酒，喝了很长的时间，面包和干奶酪以及湿的蘸料都吃得精光。这多少显得有些尴尬，当我们面前只剩下一堆面包渣。

我的口腔烧得灼热，因为我方才太着急将面包吞下去了，以至于它尖锐的角划伤了我的上颚我都不知道。

这个时候一个念头忍不住蹿出来：如果我能在酒里或者面包里掺上毒药，她想必此时已经没救了——如果没有经历过那些，这将会是我每一刹都在思考的问题。但一切不会那么简单，我的感官强烈地告诉我这个信息。

接下来是我带她去旅馆的时候，计程车上她一路紧贴在我的左肩上，这让我感到既恶心又温存。

不管怎么样，Vichy 不过是一个女人，如果我令她浑身赤裸，如果我令她始终只处于我与她的二元世界，我令她死，我让她交代想法和痕迹，都是我能把握的事。

在旅馆的床上，她借口热很快脱去了所有上衣，露出了内衣，她的左下腋有只青龙的刺身。

“安我，你看它像不像 F 品牌的衣服？我总觉得那些模特和演员糟蹋了这些华美的外观。但我从不对人轻易声明这些。”

“你很美，甚至最美。”我由衷地赞美她。同时我惊讶地发现这些台词就像埋在我的灵魂表皮,时刻亟待被发掘出犒劳我的努力。

我们小心而又温柔地抚摸着彼此，就像我们谁也不认识对方——虽然理应如此。不管是我还是她，我能感觉到害怕和防备深深地、持续地笼罩在我们轻薄的当下的关系中。我和她似乎都在期待着，做着一些别人并不喜欢的事情。

某两个应当放肆地纠缠不问结果的身体再次缠绕，我屡屡觉得内心真的无法抗拒这个女人，她在我的身体深处播种着充满深度的痛苦和快乐，它们快要将我撕碎。

至少我的身体，是真心依恋着她的。

我醒来的时候——应该是被冻醒的，窗户大开着，好像更换了一个季节，窗外有落叶噗噗地大片落下，偶尔重重砸在窗户上，鹅黄色暗纹的印尼羊毛毯上铺满了衰落的已经干黄的叶子。

是的，我独自一个人。我冷漠地看着自己在窗户上的倒影，然后看向窗外的树梢。

我知道今晚我唯一的收获是：这是我意料之内，心甘情愿面对的结果，并且我已经在意识毫发无损中醒来。

虽然如此，我却认为我保持了最开始的速度，甚至还要更快一些。

莲升的梦

“Hey，起床啦懒猪。”我的身体被轻微——或者说被温柔地摇晃着。睡意丝毫未褪，我没有睁眼。

但我的意识已经被晃醒了，接着很快越来越清醒：我确定我睁开眼会看见Vichy，她或许系着围裙，扎一把高高的马尾，有满满爱意的烤面包的香气将在我走近厨房的时候扑面而来。

对，这是今晚故事的起头。

我睁开眼，一切如期而至。我用额头的吻回应她。

环顾四围，正是我所居住的房间，情景分毫不差。但在客厅的中央，出现了一个意外的东西：有一棵很大的圣诞树，被类似于雪花一样的棉絮或者其他材质装点着，两个可爱的孩子正在往树上挂圣诞彩球和小人，缠绕着锡纸做成的丝带。

这间属于我的房子眼下如此的陌生，尤其是当两个孩子跳跃到我眼前来抱着我的腿撒娇。我预感到更大的阴谋——当然跟随着更大的希望。

“今天是该动手的日子么？今天是该动手的日子了！”我兴

奋起来，突然做了这个决定。

眼前的两个孩子真的可爱，将面前这个“平安夜”的暖意放大到最真实的程度。

鼻息间盛放的欢乐让我不禁回想起记忆中唯一记得的，和父母在一起度过的一个圣诞节：还是在彰化民宿旧宅里，家居大都是木质结构。吃过蛋糕之后我嚷嚷着困要去睡觉，父母在我的房间里点起一支蜡烛后就出去了。从门缝里偷偷瞧出去，在这间略显破旧的房间里，他们二人相视而坐，桌子四围点满了蜡烛，就在烛光的海洋里，他们坐在一起，被私密的光线和闪烁而摇曳不定的光芒所包围。他们彼此拥抱着，仿佛永远都不会分开。

一股热流涌上我的眼眶。

“吃早餐吧，孩子们都饿了。”她一边解围裙一边经过我的身边。

“想个什么节目吧。”我说。

“什么节目？不是说好了明天去Opus One吃饭么？”女人的眼光里满藏着，显然是多年主妇生活堆积出的安逸感。

“唔，去吃饭……”我将一片面包塞进嘴里，紧接着我吃了一块蛋糕，一个鸡蛋，还喝了一杯红茶和一杯蛋白粉，我的胃接受了所有东西，配合着我进行对明天计划的构思。

没错，Vichy是我的妻子，我开始紧张地思考这个背景：它意味着我有更多的选择，来更轻松地达到我的目的。但同时毫无疑问，它也等同于更多的陷阱。

另一个声音对我说：“你太紧张了。”哦不，这是Vichy的声音。

我惊愕地抬起头看着她，“是的，不过是针对我的胃……”

“亲爱的，放松点，孩子们明天在阿荣家不会有问题的，上次的意外是因为他们家的狗正好在发情，放心吧。明天是你我的二人世界。”

“唔，唔……”我的脑子急速飞转，考虑着可能出现的问题。如果明天她邀请了很多朋友一起过圣诞该如何？或者还有别人的孩子来不断造成意外该如何？或者我不该想太多，更多的加入者未必一定是坏事。

焦躁不安了几分钟后我逐渐安静下来，这么想是完全没有意义的。

因为结果和因果并没有直接关系。

我开车驾驶过公元北街，想象着Opus One迎来的我所见过的最快乐的场面。圣诞节的洋洋喜气似乎拥有无所不能的救赎能力，将人心从肮脏和淫恶中暂时解放开来。我的手不禁将方向盘攥紧。一把胡须刀装在我上衣的口袋里，我不需要下任何赌注，我只想顺着感觉将我能想到的事情做到最好。

一路上我没有遇见任何人。这个时候，所有人应该都待在家里享受圣诞大餐，或者在温暖的餐厅里度过难得和工作无关的盛宴。

一场好戏就要上演了，我按捺着紧张及稍许兴奋，推开Opus One的门。目光搜索着我的猎物。

但我清楚，在黑暗中，谁先动，就处于被动的局面。

“这里！”Vichy朝我兴奋地摆摆手。我亦摆手回应，落下手臂的时候，手肘不自觉地靠近口袋来确认凶器的存在。

我集中精力，脑海里只想着同一件事情。

“没办法，”Vichy说，晃晃脑袋，“本来想和你过二人世界呢，结果还是碰巧遇见了师妹。这是安晓，这是她男友……邱特，哦不，哈哈，sorry啊，邱可。这是我先生莲升。”

然后她禁不住笑意对我耳语：“他应该叫丘比特……”

周围有孩子们很激动，在餐厅里吵闹打转，妈妈们努力才使他们安静下来。

侍者走过来，“Merry Christmas，诸位好。要圣诞套餐么？”

安晓马上回应，“好啊，可以给我们推荐一下么？”

良久考虑之后，我们采纳了服务生的建议，分别要了台塑左犊牛肋排，这是这里的圣诞招牌牛排。

“每个人都不想与它失之交臂。Merry Christmas。”服务生致意后离开。

方才吵闹的孩子们突然很安静，我不禁朝那边望去。原来他们的妈妈正在给他们分牛排，女人看上去像是丹麦人，对面的男人安静地坐在那里，时不时地铺一下桌子，一会儿将妻子拉近和她暗语着什么。

二人温馨地笑着。

突然间他们的孩子从椅子上跳下来向我们这边奔过来，Vichy用余光看见后，本能地向里靠了靠，但还是晚了，桌上的红茶被打翻，瞬间浸透了Vichy的大衣。

孩子的妈妈听见响声飞奔过来，连连致歉帮Vichy擦拭，并大声叱责闯祸的孩子。

“不要紧的，我去化妆间洗一下就好啦。”Vichy起身向化妆间走去。

两分钟后，一个想法敲击我的后背，使我猛地站立起来——这一切应该是冥冥注定的！那对夫妻，那个孩子，还有此时正独自在化妆室的Vichy！

这是我下手的绝佳时刻。

桌边上的男女惊讶地暂停了悄悄话，看着我。

“我去看看牛排怎么样了，听说这里的牛排要做到八分熟，口感却比五分的嫩，一直都想看看的……去后厨看看应该是没问题的。我是常客。”

“是吗？！我也要去。”安晓惊喜地站了起来，但马上被男友拉着坐下，“你又不懂事了，听话。”

我打着哈哈离开座位，一步步向化妆间走去，途中我再次抬起手腕确认了一下刮胡刀的存在。

我想，我没有失败的理由，不管怎么样都没有了！

靠近化妆间的时候，我听到哗哗的流水声，那是水流进盥洗盆的声音。我知道，在门的那一端，即将迎来有对我来讲最为重要的结局。

“Vichy？是你么？我可以进来么？”我试着唤她。

没人应声。

我想是因为流水声过大淹没了我的声音，于是又大声重复了一遍。

仍旧没有回应。

我等了15秒，决定直接冲进去干脆地漂亮地完成任务。

但是，空无一人。

我低估了她！这是人类能犯的最大的错误。

水流声更大了，重重地砸向大理石面。

“你太快了，所以你掉下去了，你看不见这是个陷阱，你活该！”

“是的，是你太紧张了，你甚至不停地用手碰那凶器！”

来自体内的两个声音此刻在大声对话，我的胃一阵痉挛，恶心起来，我跑去盥洗盆吐了起来。

突然有人拉我衣襟。

“谁！”我急速跳开，同时按下水笼头。

是方才的小男孩，我的反应吓了他一跳。他怯怯地站在那里不知所措。

“有事？”我擦了一下脸，努力使自己镇定。

“刚才那个阿姨叫我把这个给你。”说着将一个包扔在我的脚下就跑开了。

是Vichy的包，就在刚刚，她还在用手巾擦着溅在它上面的茶水。

我该怎么办呢？怎么办呢？我一遍遍地问自己。

还是决定先打开这个包。

我拉开拉链的同时，一个很小的平板电脑赫然映入眼帘。

屏保画面启动了幻灯片，画面有秩序地自动切换让各个时空纠缠在一起，每一个画面都经过精心编辑，充分契合着节日的温馨。它们只有一个目的，将我重重击倒。

那是一张张我在不同梦境中与Vichy亲近的照片，从牧场的草垛上到地铁站再到旅馆里的纠缠，照片活色生香地、耐心地记录着我的耻辱。

最后一张，是Vichy的执笔字，字迹工整清晰，还有鲜红的吻痕印在纸笺的左上角。

内容只有一句话：

宝贝，可能你还有机会，这些就是证明。

莲升的门

莲升的身体开始发生了明显的变化，如果不酗酒便无法睡着，或者说，他不愿意去睡觉。他在网上订购了关于医药专业的著作，得到他想要学到的知识：如何将安眠药、其他一些治疗神经不安的镇静药或者用于治疗恐惧症的药混合在一起，如果把它们融化于酒中，当它的药效发挥作用的话，他就可以整夜无梦，连一个楼梯也不会梦见。

除此之外他还发现，如果服药之后马上沐浴，药效会更好地发挥。

所有的药品都能轻易买得到，只是开药方比较麻烦，得去医院开。莲升从三个不同的医生那里得到了药方，然后去了三个不同的药房，它们被安放在床头柜里，井然有序。

夏天到了，月亮上升到了新的高度。

莲升拒绝了马修请他去西班牙面见大客户的要求，以他需要整日地、不被打扰地进行新的提纲的构思为由。

事实上他是在这么做，当过量的酒带来的过量药物的摄入使他前所未有地产生了更多奇妙的感觉。他时常能清晰地回忆起一整部电影中的所有对白；或者在脑海里转魔方，直到六面体准确闭合；有时候他想起一个词，这个词他之前从来不会使用，但是一旦他想到，无论他想到任何其他事情，他都会用这个词去形容，新的共同体甚至很有趣，摆放出私密的共享姿态。莲升觉得通过某种方式世界又一次在他面前缩小了，他能清楚地闻见来自于一些建筑的气味，哪怕他只是从图片上看见它们——它们孤立存在的时候总是有相似的臭味，那是人们离开时丢给它们的腐朽。

他开始更加依恋那些药物。

他的身体里开始关着一只黑色的猫，它时而沉睡时而苏醒，它凭借自己所遇见的时机靠近同伴，比所有的眼睛都清醒。它常常一动不动，走得比他能去的所有地方都远。

现实世界的明亮光线通过或开或关的窗户倾泻而入，莲升在那一刻感受到自己的孤独，及这孤独带来的更大更宽的地平线。

有一点对他而言很重要，是他从来也没有忘记的：人不能够离开他所扮演的角色。虽然目前，他没有好的方法可以靠近它，他只相信自己不会选择离开。

某日他醒来已经是中午时分。窗外阴湿，酝酿着下雨的情绪。黯淡的日头从窗口投射进来。

他打开冰箱，里面塞满了食物，有苹果、慕斯、草莓果酱和带有块状水果的菠萝酱甚至还有蜜饯，除此之外，还有各种各样的鳕鱼罐头和肥瘦混合的猪肝酱。它们可能在冰箱里待的时间过长了，积了厚厚一层油腻，强烈的恶心使他一阵眩晕。

他惊讶地发现自己从没见过这些食物，它们是怎么跑到自己冰箱里去？他毫不知情。这些愚蠢的食物此刻混合着冰箱的潮湿气息散发出令人作呕的味道。

莲升觉得胃不太舒服，喝了热水之后仍然觉得难过，于是便吃了胃药。十分钟之后，一切回归平常。

他决定去阿姐的店里吃凤梨酥，然后喝一杯红茶。或者，喝一杯白水也好。

出门的时候，阴霾忽然消退，烈日生猛地在天际盛开。

高温暴力，蝉鸣起伏不断。整个三合院都显露出疲软的神色。但路过屋后的花园里，五彩缤纷的小花争相斗艳，这边谢了，那边盛开，不断地有鲜花在园中绽放，一年四季都能闻到沁人心脾的香气。

莲升忽然泪流满面，本来他真的已经忘了它们。但它们却一直记挂着他。

当人们长时间在某处独处，那么他不管他是否擅长——他会变得期待和乐于沟通，和那些自己本来会忽视的事物，比如花草、石头、昆虫鸟类、陌生人。

莲升一边走一边捂着胃，时不时拽一下自己的衣角，他愣了一愣，这个动作使他想起了《雨人》中的雷蒙。

他觉得自己的身和心始终无法统一起来抵达外界或与之相处，就如他的心曾无数次试图在梦里抛下自己累赘的身体独自前行，就像脱下一件多余的外套。但当他的身体有所不适时，它们之间立刻变得亲密无比。

今天我需要好好休息一下，放下所有事情，莲升对自己宣布。

凤梨酥店里平日里嘈杂的景象被忽然高温下的清冷替代，阿姐的孩子在店里踢球，一脚就踢到了莲升头顶的挂画上，瞬时玻璃框架碎了一桌一地。

“啊哟，对不起了，对不起，没有伤到你吧？”阿姐连连道歉，过来清扫。她大声呵斥着孩子，使他最终哭起来。

虽然没了往常的热闹，坐在里面的人看起来还是烦躁不安。

孩子被罚站，手贴墙画着数写时间，时而偷瞟一眼来往的人影。

莲升点起一根烟，盯着孩子在墙上的笔画，两米以外，一个电灯的电闸开关坏了，有节奏地开合出微弱的光，不合时宜地装点着旁人的余光。

莲升觉得心跳莫名其妙地紧促起来，肺部随着呼吸一张一弛。思想不能言语，但它往往传递着最准确的预感。

一个穿着白裤子的男人走进门，坐在了另一张贴有塑料装饰画的桌子旁。桌子还没来得及清扫，摆着三个拧开过的喝过一半的矿泉水瓶以及一个镶着花边、复杂花样点缀的瓷盘。瓷盘里细致地摆放着几个还没有吃的凤梨酥和花生糖。

花生糖被黑蜜浸过，包裹着如沥青一般的黑色，他皱眉，它们看起来让人压抑。

莲升盯着它们，带着厌恶设想着它们的口味，就像他设想过的与某些人的相处——因陌生逃避，因抗拒而永远陌生。

可无论他是否能掌握它们，它们都没有能力伤害他。

一个女人的声音伴随着清脆的高跟鞋同时响起：“阿姐，一份冰沙。”坐在花生糖旁边的男士立时站起身摆了摆手。女人没有回应，自顾自地从 Prada 的手包拿出几张台币。莲升看见她的手机上挂着一尊依八卦山大佛等比例缩小的铜制佛像吊坠。

“Vichy，这边！”男子唤她。

莲升愣住，只看向她的侧脸，全身的血液就霎时涌到脑上。他没有声息地一阵眩晕。

她是 Vichy！是他的那个 Vichy！

他瞬间全身浸透冷汗，伴随着一阵强烈耳鸣。

莲升合上眼睛，睁开，合上，再睁开。但没有再看那女人一眼，只是一遍遍搜寻对刚才那个侧面的记忆。

没错，是她。不会有错。他肯定。

他坐在那里，一动不动，开始回想着今天发生的所有事：苹果、慕斯、草莓果酱、带有块状水果的菠萝酱、蜜饯、鳕鱼罐头、肥瘦混合的猪肝酱、后花园、雷蒙……

“一切都是存在过的，没有埋伏，没有危机。连胃的不适感都还在。我没有做梦。”莲升判断，但马上他又推翻自己，“Vichy 怎么可能不在我的梦里？！我一定是在做梦。”

周围依旧嘈杂，老板娘不紧不慢地做着冰沙，不时诅咒威吓墙边又开始哭闹的孩子不能再去踢球玩耍。

交通顺畅，每个人都在说话。莲升头痛欲裂。

“我该怎么办？该怎么办？”莲升不断问自己。实际上他很清楚自己的某个欲望，只是他被这个想法吓到了。他试图不断对自己发问得到其他答案而替代那个可怕的念头。

但没用。剧烈的思考使得他的胃里翻江倒海。

他看向外面的日头，阳光蛮横地刺进他的眼窝，它并不专心来到谁的身边，总是被这样那样的东西阻挡，比如天花板、眼镜和衣服，但仍旧让人痛苦难挨。

是的，如果连阳光都让人如此难过，我还能指望别的什么能使自己快乐么？

什么曾让自己快乐呢？他停止冲动，冷静地问自己。

路口一棵枝繁叶茂的大树生病了，孤独地矗立在公路旁边，没有了往日的生机，渐渐地树叶开始发黄，树枝也开始枯死，树皮斑斑块块地脱落，烈日讽刺地盖着它苍老的身躯。

一切似乎像是通关密语。

他忽然有莫名的快感，为自己不再需要验证或检索自己的企图而畅快无比。

我发现自己已享受到来生，
我像一片树叶，
经过多次的砍伐而新生出枝条，
不但比旧有的更有活力，
而且高耸入云。
艳阳，
给我热力。

他没有多加犹豫，桌角下有一块阿姐遗漏下来的玻璃块——实际上他早就看见它了——它看起来不那么聪明，但杀死她足够了。

想到她不可能再会逃脱，他兴奋地开始发抖。

他弯下腰，将它攥在手心，然后向她身后走去。

和电影演的不一样，在他走向她的这个过程当中，关于梦中记忆的画面没有回放，一张都没有。他的大脑是空白的。

“你要干吗？有什么事吗？”白裤子男人很快警惕。Vichy打算回头。

莲升没有打算再次确认她的脸，他坚定地将手心的玻璃刀片插进她的太阳穴。玻璃的另一头反作用于他的手心，他的手掌几乎被切断。

在梦里杀人的桥段，一切到这里就为止了。

但此刻她的血浆喷了他一脸，腥气使得空气再度升温。

这个气味使他安心。

人群爆发出热力的惊叫，警车的鸣笛声很快就在对街响起。

莲升没有试图回去梦里，此刻他仰望天空，听见遥远的深处传来一声叹息，接着体内的另一个自己忽然跳脱出来，站在自己的对面。

他笑了。曾经很多个时候，那个“他”与自己对话：

有时候像对一个孩子讲故事那样娓娓道来，但更多时候，“他”不友善，盘旋于莲升存在的所有情境里——梦里，或现实里，化身于另外一个人。以“他”最舒服的方式与他保持着平衡，但却从未真的要接纳他，不打算成为他的退路。当苦痛来临，“他”只会看不起他，不欢迎他，不管莲升怎样努力地装扮。并且他发现，当他越努力，“他”就越来越难懂：“他”一直都并非真的始终守候着他，但也从未打算离开他。

“他”或许就是 Vichy，是那个年轻的警察，是那个为了爱情卖身的妓女，是那个一直等待背叛自己的妻子回头的中年人，或者……是顾琴琴。

但一切都结束了，“他”和他终于合为一体，成为他自己。